MAOYAN XIAOZI BAO DADA
TANGSENG BABA AND DOUBAO BABA

葛竞 著

接力出版社
Publishing House

图书在版编目（CIP）数据

唐僧爸爸 and 豆包爸爸/葛竞著.—南宁：接力出版社，2007.6
（猫眼小子包达达）
ISBN 978-7-80732-834-6

I.唐… II.葛… III.儿童文学-长篇小说-中国-当代 IV.I287.45

中国版本图书馆 CIP 数据核字（2007）第 050988 号

责任编辑：陈苗苗　　　封面设计：郭树坤
责任校对：刘会乔　　　责任监印：刘　签
媒介主理：覃　莉

出版人：黄　俭
出版发行：接力出版社
社址：广西南宁市园湖南路 9 号　　　邮编：530022
电话：0771-5863339（发行部）　　5866644（总编室）
传真：0771-5863291（发行部）　　5850435（办公室）
网址：http://www.jielibeijing.com　　http://www.jielibook.com
E-mail:jielipub@public.nn.gx.cn

经销：新华书店

印制：三河市和达印务有限公司
开本：787 毫米×1092 毫米　　1/32
印张：5.625　　字数：85 千字
版次：2007 年 9 月第 1 版　　印次：2007 年 9 月第 1 次印刷
印数：00 001—20 000 册
定价：13.00 元

15 家少儿媒体联袂推荐

（排名不分先后）

很欣喜地看到，一位心灵美好、意志刚强、情感深厚、情商比智商更高的中国少年诞生了！他让孩子们懂得了什么是爱、怎样感受爱和怎样去爱别人……五味俱全的爱才是真正的情感体验。

——新浪亲子中心　郑文晋

智慧也是一种快乐，读完"猫眼小子包达达"，我顿觉很爽快，它正是我期待已久的儿童故事——睿智，快乐，又与现实生活中的生存经验保持着紧密的关联！

——《中国少年儿童》黄安琪

这是心灵之花的自由绽放，是提升智力生活的文字冒险，是连接在阅读生活和现实生活之间的"智慧彩虹"！

——《中国少年报》卢晓莉

作者葛竞将高妙构思蕴藏于悬念迭起的文字中，呼呼刮起阅读启智风暴，帮助小读者培养现代社会所需的智慧、合作、冒险、情感和辨别能力。脑力环节让人每秒心跳10000下，真是想不聪明都不行！

——《中国少年英语报》王仁芳

指纹粉末、GPS定位仪、各类迷宫游戏、魔术扑克牌、机器人伙伴……你能从中得到极大的阅读满足感！

——《中国儿童报》尹泽华

孩子们的成长是需要精神伙伴的，像哪吒、孙悟空、阿凡提、葫芦兄弟……在这些"老一辈"的伙伴们慢慢失去时代魅力的时候，包达达也许是一个不错的新选择。

——《中国少年文摘》 张巍

一个善于独立思考，机智、幽默、聪明的同龄人；一个心灵美好，意志刚强，情感深厚，IQ、EQ、QQ皆高的逍遥小男生，这就是葛竞创作的"猫眼小子包达达"中的小主人公包达达。你渴望了解他、接近他，成为他的好朋友吗？那就赶快打开"猫眼小子包达达"丛书吧！

——《明星小队》 岳忠

成功的教育不仅在于教会受教育者多少知识和本领，更重要的是，教孩子们如何去拥有生活中的智慧，学会融入社会、理解他人。

——《少年先锋报》 雪姐姐

机智、真诚、幽默、勇敢，谁不想交一位这样的好朋友呢？

——大众日报社 《智慧作文》 赵世峰

在妙趣横生、悬念不断的故事中，感受智慧的风暴和阅读的快感，增添合作、冒险精神和辨别能力，并让小读者的心灵中逐渐流淌出温暖的情感。

——《我们爱科学》 李晓平

葛竞以电影画面的手法为小读者们制造了一个又一个惊心动魄的场面，猫眼小子包达达非比寻常的IQ、EQ，让你欲罢不能，一气呵成。校园又将刮起一股"包达达"旋风……

——江苏人民广播电台《小星星》舒艺

一个IQ、EQ、QQ皆高的聪明大王，一个在现实生活中靠智慧扫清困难的逍遥小男生和他的生存之道，它正是我所期待已久的睿智故事。

——《现代少年报》王伟宁

孩子遇到的困难其实比我们想象的更多，猫眼小子包达达可以让他们更智慧地欣赏乌云的黑边、暴风雨后的彩虹，对世界有更深入的理解。

——《深圳青少年报》缪育红

读葛竞的新作，迷失在现代科技与古典故事交织的森林里……这种迷失之所以是被动的，完全是因为那位快乐魔法师让你进入忘我之境！这种感觉很棒哦！

——《根基》网站、杂志 唐池子

Bao Dada fans will find his most recent books even more funny and helpful than usual. They provide children guidance on how to better prepare themselves for the increasingly complex world. I couldn't put them down until I read their final pages.

——《21世纪英文报》许薇薇

目录

第一章　欢迎你来到许愿屋 / 2

第二章　第一个愿望 / 22

第三章　第二个愿望 / 36

第四章　第三个愿望 / 46

第五章　礼物的秘密 / 62

第六章　被诅咒的古董店 / 80

第七章　复活之夜 / 98

第八章　曝光的底片 / 112

第九章　午夜快递员 / 126

第十章　消失的国王和皇后 / 138

第十一章　天衣无缝的锦囊 / 148

第十二章　扑克牌密码 / 164

第一章

欢迎你来到许愿屋

现在，包达达和爸爸是最好的朋友。他们有个秘密的"豆包"同盟。同盟的宣言就是：人人为豆包，豆包为人人！

包达达经常和爸爸一起去野外探险，去黑森森的密林深处，去水流湍急的大峡谷里。他们有好多秘密。包达达完全信任爸爸，他的日记就藏在爸爸抽屉里。爸爸也绝对信任包达达，用实际行动支持他的各种奇思妙想，帮他买零件组装小机器人，把GPS卫星定位借给他追踪可疑的人！

世界上怎么会有这么好的爸爸？同学们都羡慕极了。

以前可不是这样。"爸爸"两个字就是包达达的紧箍咒，他们两个根本就是唐僧和孙悟空——爸

爸对包达达特别严厉，他平时老不在家，一回家就专门挑包达达的错。不管大事小事，一切都得听爸爸的，他从来不问包达达的意见。

大家想知道：包达达用了什么办法，居然能让爸爸一百八十度大转弯——从唐僧爸爸变成了豆包爸爸？

包达达神秘地笑笑，什么也不肯透露——这可是个大秘密！

这个秘密还得从"鬼屋事件"说起。

谁都知道，学校后面的旧房子是一座吓人的鬼屋。那儿的窗子上布满破洞，还挂着巨大的蜘蛛网。地板上蒙着厚厚的灰尘。白天，鬼屋大门紧锁，寂静无声，连半个人影也没有。

可一到晚上，怪事就来了：鬼屋里忽然亮起了灯光，许多半透明的人影晃来晃去，屋里回荡着奇怪的声音——鼓声、大石头撞击的巨响，还有恐怖的大笑，惊声尖叫！

从来没有人敢跑进鬼屋里，包达达却非去不可。

包达达是个十二岁的男孩，他个头不高，眼睛又大又亮，头发总是乱蓬蓬的，有时候他傻得冒泡

儿，有时候又聪明得吓人。刚认识包达达的人，你会觉得他安静得像个女生，不爱说话。可等了解他的时候，就会发现这可是个有性格的男生！

这一回，趁爸爸出差的工夫，包达达偷偷把掌上电脑带到了学校——电脑里的"迷宫"游戏实在太好玩了！那些曲里拐弯的通道让人眼前发晕，头脑发涨！

包达达的手指头好像被粘在上面，怎么也拿不下来。同桌鲁一叮把脑袋拱过来偷看，小声嘀咕："哇，你的游戏机还真高级啊！"

忽然，教室里安静得很古怪，鲁一叮的脑袋也摆正了，严肃地目视前方，他悄悄捅了一下包达达。

包达达忽然挥拳欢呼："我赢啦!"

杜老师正站在包达达身后，那个拳头直冲她的鼻子就去啦！

据鲁一叮现场估算：当时，包达达的拳头时速达到六十公里，距离杜老师鼻子的最短距离只有0.01厘米。

但杜老师是练过跆拳道的高手啊，她敏捷地闪开，牢牢抓住包达达的手腕儿。

包达达一下子从椅子上掉下来，狼狈地屁股朝上、脸朝下地趴在地上。大家都笑起来，包达达狼狈地爬起来却发现，小电脑从他手里掉下来，不知跑到哪儿去了。

"包达达，回答黑板上这道问题，我刚刚讲过的。"杜老师说。

包达达闭紧嘴巴，一声不吭。

"为什么不说话，是没好好听讲吧?"杜老师说。

包达达摇摇头，"杜老师，我问您一个问题，为什么人的嘴巴天生是闭着的，而耳朵却是二十四小时打开的?"

"嗯?"杜老师愣了。

"那是因为，人应该多倾听，少说话。"包达达一本正经地说，"所以，我决定在课堂上只听课，尽量不说话。"

大家都被包达达逗笑了，杜老师板着面孔说："下课到办公室来!"

杜老师通知包达达，下周他的爸妈必须来学校一趟。

"我找不到我爸妈。"包达达咕哝说，"估计007

也找不到。"

包达达说的是实话，他爸妈老是不在家，就像来去无踪的隐形人！昨天是包达达重要的十二岁生日，这是他本命年的关键日子啊！他爸妈居然整整一天都不在家，连电话也没打回来，更别提什么生日礼物了！

杜老师却根本不相信包达达的话。

包达达垂头丧气回到教室，找遍了教室，却发现小电脑不见了。他顿时冒了一身冷汗——那可是爸爸工作的法宝，相当于孙悟空的金箍棒，猪八戒的钉耙，机器猫的万能口袋！

忽然，包达达发现了那个罪犯——鲁一叮躲在走廊的拐角儿，举着小电脑正玩得带劲呢。

"这是你的生日礼物吧？"鲁一叮举起小电脑。

"嗯……对啊。"包达达支支吾吾地回答。

"你爸妈对你太好了！"鲁一叮嘟囔着，"你知道我生日爸妈送我什么？一大套数学习题集！"

"那份礼物最适合你了。"包达达眯起眼睛，"当你寂寞的时候，当你无聊的时候，当你苦闷的时候，只要把数学题拿出来……"

"那我就跟你交换吧！"鲁一叮把小电脑塞进口袋。

"不行！"包达达摇头，"我的电脑是有感情的，它不习惯跟陌生人回家，要不然晚上它准会生病，病毒发作！"

"我才不信呢！"鲁一叮哼了一声，"我明天肯定还你，拜拜！"

鲁一叮转身就跑。

"站住，不许绑架我的电脑！"包达达紧紧追着鲁一叮。

两个人跑出了校园，竟然不知不觉来到了那座鬼屋门前。

"再追的话，我就不客气啦！"鲁一叮在路边气喘吁吁地站住，摆出投铅球的姿势。

鲁一叮是个肉肉的小胖子，动不动就冒汗——他早就跑不动了。

包达达是小个儿，脑袋和脚丫都很大，精力十足。

"投降吧，"包达达说，"缴枪不杀，优待俘虏。"

就在包达达要抓住他胳膊的时候，鲁一叮却慌张地出手了。

嗖的一下，掌上电脑居然从窗口飞到鬼屋里去了。

包达达和鲁一叮都傻眼了——神枪手瞄得都没这么准！

两个人走到鬼屋窗口，屋里黑洞洞的，什么也看不见。

"真黑啊！"鲁一叮自语。

就在这时，鬼屋里忽然传出了奇怪的隆隆声——像是有个巨大的石球正向这边滚过来，压得地板都要塌了。

鲁一叮怪叫一声，头也不回地逃跑了。

这个胆小鬼！

周围变得非常安静，只剩下包达达留在鬼屋窗口——他都能听见自己的心跳了。

包达达最怕黑暗。

可是现在包达达顾不上害怕，这个时间，爸爸大概就要到家了，他要是发现小电脑不见的话，那就是世界末日了！

包达达轻轻一推，破窗子就吱扭一声打开了，他蹑手蹑脚地跳了进去。

动作要轻一点儿，别惊醒幽灵的午睡。

屋子里漆黑一片，空气里像是灌进了几千瓶墨汁。包达达连自己的脚指头都看不清，只能小心翼翼地摸索着前进。

鬼屋大得要命，到处都是乱七八糟的东西，旧桌椅、玻璃碎片、古怪的破地毯……就算他花整个晚上的时间，也找不到那个小东西。

不知在鬼屋里待了多久，包达达又累又饿，衣服上沾满了灰尘，在摸索着前进的时候，包达达的手臂、膝盖被碎玻璃狠狠划过，鲜血淋漓，疼极了！

都怪鲁一叮那家伙！包达达怒气冲冲地抱怨：还有杜老师、爸妈……怎么每一个人都和自己作对！

"咚、咚、咚！"黑暗中忽然响起了奇怪的声音，就在他的头顶上方。

这时候，有个影子带着风从他旁边掠过，包达达还没反应过来，他肩上的书包忽然被人拿走了！

包达达想，肯定鲁一叮也进来了，还在鬼屋里跟他捉迷藏！

"别藏啦！你的屁股从椅子后面露出来了！"

可没人回答，周围寂静得连呼吸声也听不到。

"咚、咚、咚！"又是奇怪的击鼓声。

伴着鼓声，包达达头顶出现了刺目的光束，雪白的圆形光环中，竟然站着一个人。

包达达愣住了。

那个怪人手里举着圆形的小鼓，身上穿着宽大的黑色袍子，头上是样式奇异的高帽子，他的面孔被光束照得苍白极了，眼睛静静地平视前方，就像个来自远古的幽灵。

"欢迎你来到许愿屋。"怪人敲打着手鼓，声音嘶哑。

包达达并没有转身逃跑，反而走到怪人跟前，好奇地上下打量他。

别相信你的眼睛，要相信你的脑袋，包达达才不会被他吓人的外表欺骗呢！

"你是谁？干吗装成幽灵吓唬人？"

"胆子倒真大！"怪人露出了微笑，"交个朋友吧！我，是许愿屋的主人卜卜，你，是六年级的包达达。"

包达达向四周看看，"这儿是你的屋子？真该好好打扫一下了……你怎么知道我的名字？"

"这个告诉我的。"卜卜从身后拿出包达达的书包，高高举起来，他轻轻翻开了书包，小小的掌上电脑掉出来，正好落到包达达手心儿里。

奇怪，它是什么时候跑进去的？还好，这宝贝完好无损。

"谢了！"包达达跳起来抓住空中的书包，"后会有期！"

他得赶紧回家去，在爸爸发现一切之前物归原主。

"等等！等等！"卜卜忽然腾空而起，越过包达达的头顶，挡在他的面前。卜卜的黑袍子迎风飘舞。他目光犀利地盯着包达达，闪闪发光，神秘莫测。

"你想干什么？"包达达睁大眼睛看着他，"在给我表演魔术吗？"就算在阴森森的鬼屋里，包达达也不会被装神弄鬼的小把戏吓倒。

"我帮你找到了东西，为了表示感谢，你得答应我一个条件！"

"不，感谢是不能交换的，"包达达像个大人似的摇摇头，"那就不真诚了！"

"不是交换，我是要送你三个愿望。"卜卜说，"昨天是你的生日吗？你许愿了吗？"

屋子的角落亮起了一片星星点点的烛火，在黑暗中闪烁。

"你？你能实现我的愿望？"

卜卜点点头，伸出细长的手指："我有两个条件。第一，你的愿望必须是让别人倒霉的可怕愿望！第二，一个愿望交换一个秘密。愿望你来许，秘密可要让我来选。"

"咒语？这种事儿只有童话里才有。"包达达可不会被这种恶作剧蒙住，他得摆脱这个古怪的家伙！

"不信的话，你就试试看。"卜卜说。

"不，我不想让任何人倒霉！"包达达说，"在背后说别人坏话，不是英雄是狗熊！"

"别骗人了！刚才，你还在抱怨那些人。我听得清清楚楚，你的同学鲁一叮，杜老师，还有你的爸妈！！"

天哪，这个古怪的家伙好像什么都知道。

包达达的肚子咕噜着，嗓子眼儿直冒酸水，手臂的伤口钻心痛，外面一定天黑了……

"不敢？你害怕他们吗？"卜卜假装叹气，"真可惜啊，看来我找错了人。"

现在，鲁一叮、杜老师都在家里舒舒服服地待着，他们大概在一边看电视，一边大吃零食；爸爸妈妈也不会惦记他，他们满脑子都是自己工作的事儿。只有包达达，他孤零零地留在许愿屋里，根本没人关心他！

包达达可不想被卜卜吓住，这就像一个吹牛大冒险游戏，谁害怕就等于失败了！

"好吧，我还没学会认输呢！"包达达扬着头说，向卜卜招手，让他凑近点儿。

在卜卜的耳边，包达达说出了他的愿望。

第一个愿望给捉弄他的鲁一叮。

第二个愿望给严厉的杜老师。

第三个愿望给隐形人爸妈。

一口气说完了，包达达的心狂跳起来，手心儿里都是汗。连他自己也弄不清楚，是因为激动还是……害怕？

"一言为定，永不反悔！"卜卜说。

"一言为定！"包达达轻松地吹了声口哨，"谁会为玩笑后悔呢！"

卜卜和包达达击掌，他发现自己的手指头上沾上了黑糊糊的粉末儿："这是什么？"

"不好意思，我的手有点儿脏，"包达达挠着头说，他把卜卜的手指往纸巾上一按，"擦擦就好了！"

"等你的愿望实现之后，我就去拿你的秘密。"

"可是，我不想把秘密告诉你！"包达达做了个鬼脸，"有句话是这么说的，保守秘密，秘密是闪光的珍宝。一旦泄露出去，它就成了可怕的病毒！"

卜卜露出古怪的微笑："到时候，可不由你说了算……"

就在这时候，许愿屋的门被人砰地撞开了，几道强光从门口射进来，急促的脚步声迅速向这边靠近。

包达达在强光中眯起眼睛，周围的一切都消失在刺眼的光芒中了，他听到卜卜的笑声伴着鼓点儿逐渐远去。

半分钟之后，闯进许愿屋的不速之客出现在包达达面前：居然是鲁一叮和杜老师。

"你们来干吗？"

"你怎么在许愿屋里待了这么久？"鲁一叮满头是汗，"我一直在外面等着，都快吓死了。"

他一定在等着看包达达的笑话！

包达达东张西望，卜卜早就像影子般消失了，周围只有乱糟糟的杂物。

"那个……不就在你自己手里吗？"鲁一叮看见了掌上电脑。

"鲁一叮同学，卜卜是你的朋友吧？"包达达盯着鲁一叮说。

"卜卜？好奇怪的名字！我可不认识！你是不是晕了？"鲁一叮拍拍包达达的肩膀，让那条胳膊又疼起来。

骗人！包达达早知道他不会承认。

就在击掌的时候，包达达早就趁卜卜不注意，偷偷留下了他的指纹，就是那些黑糊糊的粉末，这可是个重要的证据，卜卜连指纹都有，怎么会是幽灵呢，肯定是人装扮的！

"你受伤了？"杜老师发现了包达达的伤痕，

"现在马上去我那儿，清理干净再包扎一下，否则会有伤疤。"

"我没事。"包达达大大咧咧地说，"有句谚语说，树干受伤后结疤的地方是最坚强的。"

"你又不是一棵树！"杜老师硬是拉着包达达去教师宿舍，给他涂上药水，包了纱布。

鲁一叮打车把包达达送回了家，临下车的时候，他掏出一大堆零食塞进包达达手里，就走了，他的自行车还停在学校，得大老远地赶回去。

包达达回到家里，妈妈正在厨房里炒菜，爸爸在浴室里洗澡。

趁这个工夫，包达达把掌上电脑放回了爸爸的抽屉，他松了口气，麻烦总算结束了。

可不知为什么，包达达还是有点儿心神不定，都是因为许愿屋卜卜的恶作剧。

这天的晚餐特别丰盛，热腾腾的香味儿四溢。饭桌上，爸爸还给包达达拿出了一件很漂亮的礼物。

"猜猜是什么？"爸爸脸上带着神秘的微笑，"是我补给你的生日礼物。我保证，肯定是你最想要的东西。"

"谢谢爸爸。我已经吃饱了，想去睡觉！"包达达连盒子都没打开，就随手塞进了书包里，站了起来。

妈妈说包达达的脸色很差，也许在发烧。可她刚拿出体温计，包达达已经把自己关进了房间，闷在里面一声不吭。

睡个好觉吧！把那些怪事坏事统统忘掉！

第二天一早，包达达到学校有点儿晚，一进教室上课铃刚好响了。他忽然发现，自己身旁的位子却还空着——鲁一叮去哪儿了？

不知怎么回事，包达达脑中闪过了许愿屋的那一幕：天哪，自己许下的第一个倒霉愿望……不就是给鲁一叮的吗？

第二章

第一个

愿望

　　这一整天，鲁一叮始终没有出现。

　　包达达变得特别活跃，他超级爱说笑话，总忙个不停。可是，包达达就是不去看那个空位子，在他眼里，那儿就像一个越变越大、不断旋转的黑洞，要把他一口吞掉。

　　课间，黄卷卷忽然跑来，大惊小怪地说："鲁一叮昨天出大事儿了，据说已经住院了！"

　　"不可能！昨天晚上他还好好的。"包达达忍不住说。

　　"是杜老师说的。对了，包达达，昨天放学的时候，你不是和鲁一叮在一起吗？你知道怎么回事吗？"

　　包达达大叫起来："我不知道！"

"随便问问嘛，你干吗这么激动?"黄卷卷问。

"我……我没有。"包达达说。

大家约好，下午课后跟着杜老师去医院看望鲁一叮。

"一起去吧。鲁一叮是你的同桌嘛。"黄卷卷招呼包达达。

"不! 我不去!"包达达很慌张，他赶紧说，"我……我还有事儿。"

"包达达真是怪人。"大家都走了。

包达达一个人待在教室里，他心里乱糟糟的。

放学之后，在医院的病房里，杜老师和一大帮同学正围在床边，黄卷卷带了好多鲁一叮爱吃的零食，全都堆在床单上。

"打开! 打开! 帮我打开!"鲁一叮吧嗒着嘴，干着急。

"还要喂你啊?"黄卷卷嘟着嘴，满脸不情愿地把牛肉干打开。

鲁一叮的一只胳膊打着厚厚的石膏，挂在脖子上。

"对伤员要好一点儿，医生说我的胳膊要两个月

24

才能拆石膏！"鲁一叮嘴里塞满了牛肉，"我遇到了非常奇怪、非常倒霉的事儿才受伤的……应该说是幽灵事件！"

"幽灵事件？"

"昨天晚上，我很晚才从学校骑车回家，经过校园后面那条街的时候，怪事出现了。那间鬼屋里灯火闪烁，还有人影在窗口晃动……"

黄卷卷叫起来："那是谁？"她指着病房门口。

大家都回头看，却什么也没发现，他们怪黄卷卷眼花，故意吓唬人，她却咕哝着说，刚才真的有人东张西望。

"听我讲啊。"鲁一叮不满意大家的分神，"我当时很紧张，把自行车蹬得飞快。可就在我经过鬼屋门口的时候，所有的灯突然都熄灭了，听好了，不仅仅是鬼屋里的亮光，连两边的路灯都熄灭了，我的眼前一片漆黑。我还来不及反应，就感到车轮被什么绊了一下，自行车飞了出去，我重重地摔倒了，胳膊磕在了马路牙子上。"

"啊?!"

"我疼得哇哇大叫起来，可是周围一个人也没有。这时候，我听到了一种奇怪的声音，'咚！'声音离我很近。在那之后，路灯又亮了起来。"

大家都听呆了，女生们害怕地小声嘀咕："真吓人啊。"

鲁一叮却满不在乎："不过后来很好玩，是警车把我送到医院的。你们都没坐过警车吧？那可是超酷噢！"

鲁一叮还想接着吹牛，可护士走进来，要求大家离开病房了。

走到医院的走廊里，杜老师发现有个背影正慌张地跑开，飞快地消失在走廊拐角。

那个好像是自己班上的学生……

其实，刚才黄卷卷没看错，她和杜老师看到那个躲躲藏藏的家伙就是包达达。他急匆匆地赶来，在走廊里偷听屋里的谈话。

如果说这件事是鲁一叮的圈套，那他也太神通广大了，连医生都能骗过了？

看来这是真的！

包达达在街道上大步走着，有个声音在他耳边轰鸣："让鲁一叮吓得哇哇大叫！"

没错。这是包达达的第一个愿望，难道许愿屋的事情是真的吗？

包达达回到家里，一头钻进自己的小房间。他打开电脑上网，想把那些乱七八糟的念头从心里赶走。

真让人郁闷，QQ上竟然一个熟人也没有，大家好像故意在躲着包达达。

就在包达达要关机的时候，电脑里忽然响起了嘀嘀声。

有陌生人在QQ上向包达达发出信息。他仔细一看，屏幕角落里有个闪动的图标……竟然是卜卜的面孔！

卜卜登陆了包达达的QQ，还向他发信息！

包达达紧紧抓住鼠标，点击那个闪动的头像。

卜卜发来的信息只有两个字：日记。

不等包达达提问，QQ上的卜卜头像却迅速消失了。

包达达打开写字台上锁的抽屉，把里面翻了一个底儿朝天——日记本不见了，昨天他还见到的。

包达达小心地收集了抽屉上的指纹，里面有好几种，包达达自己的，爸爸的，还有一个陌生人的……包达达拿出昨天的指纹对比了一下：就是卜卜的！

看来，真像和卜卜约定的那样：愿望实现，作为交换，秘密就会被拿走。

包达达躺在床上，额头上满是汗珠儿，大脑里一片空白。面前的电脑逐渐暗下去，屏幕后面却像有邪恶的眼睛盯着他。

一个阴天的午后，大家都在教室里上自习，杜老师忽然把包达达叫到了办公室。

"包达达，我们来玩个游戏吧！"杜老师的笑容太奇怪了，"我特意叫来你的爸爸妈妈，还有你的同桌鲁一叮。"

包达达这才发现，鲁一叮和他的爸妈都在办公室里，他们脸上没什么表情，默默看着包达达。

"我还请了一位神秘来宾。"杜老师说。

门打开了，卜卜出现在那里，他笑着，样子怪可怕的。

"包达达，我们要玩个杀人游戏。我是法官，你们来抽签，谁抽到'杀手'的字条，就要在天黑之后，把其他人一个个杀掉。"

"不!"包达达大声说，"我不玩这个游戏!"

杜老师、爸爸妈妈和鲁一叮都围过来，不让包达达逃走。

卜卜抓住了包达达，硬是把"杀手"字条塞到了他的手里。

"游戏已经开始了，谁也不能中途退出。"

"让我走!"包达达拼命挣扎着，"我不玩了!"

深夜，包达达忽然惊醒了，他满头是汗——刚才只是个噩梦。

可游戏并没有结束，愿望还要继续。

下一个，就该轮到杜老师了。

整整一天，杜老师都觉得不对劲儿。

好像有人在跟踪她。

不止一次，有个神秘的人影在杜老师的眼角余光中一晃而过。可等她转过头去，那影子又不见了。

大概是某个学生的恶作剧。开始，杜老师只是觉得好笑，可时间长了，她心里却感到很不舒服。在校园的曲折的走廊里，当她又一次感到背后那个跟踪者时，杜老师决定来一次淘气的冒险。

拐过走廊的转弯儿，杜老师忽然来了个"急刹车"，紧紧贴墙站住，然后，她像个捉迷藏的孩子屏住了呼吸，静静等待。

跟踪而来的人影果然出现，他急匆匆地拐了过来。

"包达达？"杜老师很吃惊。

"……杜老师。"包达达狼狈地站住了，脸涨得通红。

"你在干什么？跟踪我吗？"杜老师看着包达达的眼睛。

包达达低下头，目光闪躲，"我……只是凑巧经过。"

"包达达，你是不是有什么事儿？能跟我说说吗？"杜老师的语气很柔和。

"我……"包达达犹豫着。难道他能说，自己在卜卜面前许下了可怕的愿望……

"包达达，是不是家里出了什么事儿？说出来也许能帮你。"

看着杜老师温柔的眼睛，包达达脱口而出："杜老师，你相信幽灵吗？还有带魔法的可怕愿望！"

杜老师笑起来："幽灵和愿望？包达达，你肯定是恐怖小说看多了，真实世界不会有那些东西的。"

"可是……也许有的，只是你还没遇到！某些时候，他们就突然在你面前出现了！"包达达说，"就像哥伦布发现新大陆之前，谁也不相信大海中还会有另一块陆地！"

"这么说，你发现的新大陆就是幽灵？"杜老师看着他，表情像在听一个孩子说梦话呢。

包达达叹了口气，闭上了嘴。

"别忘了，今晚来参加学校的篝火晚会！"杜老师向包达达离开的背影大声喊。

放学之后，包达达一个人来到许愿屋前。许愿屋像一头沉睡的怪兽，在他身上投下巨大阴影。

"包达达？你在干吗？"不远处有同学看到了他，大声招呼。

包达达假装没听见，慌忙跑了。

黄昏时分，天色渐渐暗下来。

在离学校不远的学生休假营地里，五、六年级同学的篝火晚会就要开始了。在空地中央，成捆的木柴堆得高高的，旁边是雕刻着古怪图案的图腾柱，

有种神秘的气氛。

学生们在四周围成一个大圆圈。帐篷分布在空地各个角落，让学生在这里面换上稀奇古怪的服装，画上花脸儿——这是一次非常好玩的化装晚会。

黄卷卷扮成了一只黑猫，脸上画着弯曲的胡子，屁股后面还拖了毛茸茸的尾巴，得意地四处溜达。同学中有化装成大猩猩、巫婆、超人……真是热闹极了。

连刚刚出院的鲁一叮都耐不住寂寞了，他不肯待在家里休息，偷偷跑来。鲁一叮扮装成了奥特曼。当然，是吊着绷带的独臂超人。

"你怎么没化装？脸色真难看。"黄卷卷担忧地看着包达达，"是不是发烧啦？"

包达达躲开黄卷卷的手："我没事儿。你看见杜老师了吗？"

黄卷卷向四周张望了一下："我刚刚在学校门口看到她，杜老师应该比我出发得还早，怎么会还没到？"

"我要回去看看！"包达达忽然站起来，"杜老师可能在许愿屋里！"

"许愿屋？包达达，你是真发烧了吧？晚会可就要开始了。"

"……我必须马上找到她，杜老师一定出事儿了！"包达达满头是汗。

一阵呜呜的号角响了起来——晚会马上就要开始了。

营地中间的篝火堆被点燃了，金红色火焰在深蓝色的夜空中熊熊燃烧。每个人的脸都烤得热烘烘的，眼睛里映着一对金豆儿。

大家都欢呼起来，小军乐队奏响了欢快的曲调儿。

可杜老师还没来！

就在这一片嘈杂的声音中，包达达的耳朵却捕捉到了一个与众不同的响声。

"咚、咚、咚！"——没错，就是那种鼓声，卜卜的鼓声！

包达达警惕地抬起头来，他在密密麻麻的人群中搜寻着：那鼓声是从哪儿传来的……

几秒钟之后，包达达觉得自己的心跳都要停止了——他看到了"那个"。

所有的人都看到了这奇怪的一幕，不由自主地闭上了嘴……喧闹的声音忽然消失了。

这一瞬间，营地里安静得好像一个人也没有。

作者葛竞的指纹

第三章

第二个

愿望

　　学生们分成两半，那个陌生人就沿着这条众人簇拥的道路，向营地中心的篝火走过来。

　　那人穿着宽大的黑袍子，头上顶着高帽子，戴着纯白色的面具，手里举着圆鼓，边击鼓，边跳着滑稽奇怪的舞蹈。

　　大家都被这个怪人吸引住了，安静了十几秒钟之后，有人兴奋地尖叫，很多人都大笑起来——这肯定是个爱出风头的学生，要用这个最醒目的方式出场。

　　那些人跟着鼓点，模仿着滑稽的舞步，跟在他身后又蹦又跳的。

　　包达达却板着脸，手紧紧攥成了拳头。

　　只有他知道，那人是可怕的卜卜！虽然他戴上了白色面具，包达达也认识他。卜卜……居然敢跑

到学校来！

卜卜蹦跳着走到篝火跟前，停下了脚步。他好像一点儿也不害怕灼人的烈焰，仰头盯着篝火。

"他在干什么？"周围的人议论纷纷。

"那儿很危险，快离开那儿！"几个老师快步走去。

卜卜却从袖子里掏出了一把什么东西，向火焰一扬。

就像变魔术似的，金红色的火焰竟然瞬间变成了蓝紫色。卜卜敏捷地跳上了燃着蓝色火焰的木柴堆，站在火苗儿中间，向四周扫视。他的黑袍子也跟着燃烧起火焰来。

大家惊叫起来。

包达达知道，卜卜是在人群中寻找自己。他想立即逃走，可腿却一步也迈不动。

卜卜转动的眼珠儿忽然定住了，停留在人群中的包达达身上。

他高高举起手鼓，咚地敲击了一声。

火焰瞬间熄灭了，只剩下浓浓的黑烟。

卜卜从篝火堆上跳下来，轻盈地飞奔到包达达跟前。他向人群挥动着燃着火苗儿的衣袖。人们慌忙散开了。

卜卜在周围画了一个火圈，把两个人包在其中。那张白色面具凑到包达达跟前，低声说："包达达，我要你的秘密。"

奇怪，那声音听上去和以前不一样。

"……根本没有什么愿望！你在骗我！"包达达大声喊。

其他人都茫然地看着包达达，不知是怎么回事。

卜卜逼近过来，"你还不知道杜老师的事儿吧……"

包达达步步后退，脸色苍白。周围的人感到事情不对劲儿了，却被这个阵势吓住了，站在原地犹豫着。

卜卜越来越近，紧紧抓住了包达达的衣领。

包达达脸色苍白，脑子里嗡嗡作响，他不能逃跑，包达达从来就不是胆小鬼，他不能就这样被卜卜打败！

包达达的眼光落在了一样东西上——鲁一叮手里的塑料激光剑！

包达达夺过激光剑，在卜卜头上重重一击。

激光剑断了，卜卜一动不动地僵在原地，随后软软地瘫倒。

剑从包达达手中滑落，他全身都是汗，无力地坐到了地上。

不管怎么样，包达达终于打败了卜卜，他什么也不用害怕了！一切都结束了，恶毒愿望消失了！

同学和老师围了上来。

卜卜昏倒了！他一动不动地躺在地上，邪恶的魔力已经消失了。卜卜现在只能束手就擒！在面具后面，露出了几缕卷曲的长发。

包达达定定神，走到卜卜身边蹲下，把他的面具摘了下来。

无数目光从四面八方投射过来，落在那个卜卜的脸上。

面具后面，露出了一张大家都熟悉的脸庞，竟然是……杜老师！她紧紧闭着眼睛，嘴唇都失去了血色，头发散落在肩膀上。

有人大叫起来，大家迷惑不解：杜老师怎么会开这种可怕的玩笑！

包达达目瞪口呆，脑子全乱了：卜卜是杜老师？

所有的答案，只有杜老师才知道。

黄卷卷拿来了湿毛巾，放到杜老师的额头上。包达达掐住她的人中和虎口……杜老师终于醒过来了。她茫然地坐起来，怔怔地看着周围的人："这是哪儿？"

杜老师看到自己古怪的装束，惊愕地站起来："我怎么会穿成这样？"

"杜老师，刚才的事情你都忘了？"

"我不知道。"杜老师托着自己的额头，"我记得我要赶到篝火晚会的营地，但是我迷路了，就在学校后面一条熟悉的小巷里，眼前的景物都变得模糊起来，周围好像起了大雾。后来，我听到了奇怪的鼓声……不，我不记得了。"

只有包达达知道真相。

杜老师让大家哈哈大笑——这就是包达达的第二个愿望。

"对不起。杜老师。"包达达向杜老师深深鞠了个躬，他眼圈发红，嘴唇发抖，"我真的……非常对不起。"

杜老师还安慰包达达。鲁一叮拍拍包达达的肩膀："你的胆子可真大，简直和奥特曼一样！"

就这样，篝火晚会提前结束，大家扫兴地回家了。包达达悄悄拿走了杜老师的奇怪面具，那上面肯定会有罪犯留下的痕迹！

面具上的指纹杂乱不堪，有好多同学都摸过它，也包括包达达自己的，想找到目标真是一项大工程，包达达举着放大镜，耐着性子，一个个地检查过去……终于，他发现了卜卜的那一枚！

果然又是这个家伙！他把包达达前两个愿望都实现了，该第三个了……

第三个愿望太可怕了，包达达都不愿意去回想它，那么冷酷无情，简直就是恶魔的愿望！

这时候，包达达忽然在口袋里摸到了什么东西。包达达把它拿出来，是个古色古香的小卷轴，用黑色的丝带绑住。这是什么时候钻到他的口袋里的？

包达达打开卷轴，发黄的宣纸上有五个秀气的毛笔字——"爸爸的抽屉"。卷轴一角是个鲜红色的印章——是卜卜的面孔。

天哪，卜卜不会去见自己的爸爸了吧！包达达必须先回家看看，越快越好！

包达达穿过离家不远的那条喧闹街道，万圣节狂欢的队伍在街道中涌动，人们用长竿子高高挑起南瓜灯，表演者是脸上涂着粉彩的小丑，踩着高跷的巨人，挥着扫把的女巫……队伍中有人在放烟花，在夜空中闪烁……

不知不觉中，包达达被狂欢队伍包围了，那些奇怪的面孔在他眼前晃来晃去，女巫怪叫着和他握手，小丑在他耳朵边上大叫，在乱糟糟的声音中……包达达觉得自己要晕了。

就在这时，一张面孔突然出现在包达达眼前，高耸的帽子，宽大的黑袍子……那是卜卜！

卜卜对自己藏在游行队伍中感到很得意，他向包达达挤挤眼睛，露出微笑："我们的第二次交易，又完成了！"

包达达好像被施了定身法，一动也不能动，他心里很着急，觉得自己有什么话要对卜卜说，可是却全忘了。

不远处，啪啪作响的烟花映亮了天空。

"再见！"卜卜用袍子遮住了脸，"你家里很漂

亮。你爸爸妈妈正在家里等着你呢！"

卜卜去过自己家里了，还见到了爸爸妈妈！包达达感到全身冰冷，他抓住卜卜："你听我说，我不想……"

忽然，一阵蓝紫色的烟雾从卜卜袖口中钻了出来，刺鼻的味道让包达达闭上了眼睛，可手还紧紧地抓着。

等他睁开眼睛的时候，卜卜早已不见踪影。包达达手里只剩下了一顶滑稽的条纹帽子。

一个胖墩墩的小丑冲过来，从他手里拿走了帽子。

狂欢队伍像潮水一样漫过了包达达，沿着街道继续走远了。

周围逐渐安静下来。

卜卜去了包达达家……他在那儿究竟干了些什么？

第四章

第三个愿望

　　十分钟之内，包达达已经奔到了自己家门口，他拿出钥匙，却又犹豫地停住了。过了一小会儿，包达达把耳朵轻轻贴在门上。

　　一点儿声音也没有，屋里安静得可怕。

　　这是第一次包达达在自己家门前感到这么紧张。那可怕的第三个愿望……不会已经发生了吧。

　　就在这时，门忽然打开了。爸爸出现在门口。

　　包达达松了一口气，至少爸爸安然无恙。现在，他觉得爸爸亲切极了，但爸爸的脸色难看极了，他的目光带着怀疑和警惕。

　　爸爸把那个掌上电脑放到桌子上，盯着包达达的眼睛："包达达，这个东西你动过了，是不是?"

　　包达达摇摇头。

"电脑里迷宫怎么会被解开了？是你干的？"

"迷宫？"包达达装糊涂，"我都好久没去过游乐场了。"

妈妈碰了下爸爸的肩膀，示意他别那么严厉："包达达，我知道你只是觉得好玩，但是这不是开玩笑的事儿。你必须把东西还给我们，马上!"

原来，就在爸爸妈妈出门的那一小会儿，有个动作迅猛、能穿墙而过的大盗贼钻进了屋子，家里的东西都安然无恙，连门锁也好好的，没有被破坏的痕迹。桌上的电脑、手机、钱包没人碰过，根本不像有贼光顾过。

但是，唯独爸爸书房里上锁的抽屉被人打开了。

那个抽屉爸爸从来不肯当着别人打开，甚至不让包达达靠近，神秘极了。包达达曾经以为，抽屉里面也许堆满了钻石黄金，或是藏着一把货真价实的手枪!

包达达想起了那个小卷轴上的字——"爸爸的抽屉"。

抽屉里装的"宝贝"就是卜卜想要的秘密! 趁爸妈不注意的时候，包达达偷偷检查了抽屉上的指纹，果然又发现了卜卜的痕迹！

看着爸爸面色铁青，妈妈神色慌乱，屋里充满了忐忑不安的气氛。包达达却偷偷转过身，忍不住笑了。

"别骗我们！"爸爸表情很严肃，"包达达，你必须对我们说实话。"

他们总是不相信我！包达达想，他本来要说出关于抽屉的秘密，让爸妈大吃一惊。但是现在……他改变主意了。

"跟我没关系！"包达达一口咬定，他耸耸肩膀，"我也不知道是怎么回事。"他的眼神儿特别无辜。

爸爸疲惫地向包达达摆摆手："没事儿了，你回自己房间吧！"

包达达轻松地吹着口哨，三级跨跳，钻进了自己的房间，紧紧关上了门。

爸妈在门外低声议论着什么，他们的声音太小了，听不清。

包达达靠在门上，其实，他知道抽屉里放的是什么——那"宝贝"现在就在他的书包里！

如果爸妈也懂得指纹技术，那么他们就会发现，在卜卜出现之前，早就有人打开过抽屉……那个人就是包达达。

事情发生在爸爸出差回家的前一天晚上。

晚饭过后，妈妈急匆匆地出门了。包达达溜进了爸爸的书房，他想找到掌上电脑。包达达没有白费工夫，他在爸爸的公文包里找到了这个小东西，他正准备把包放回原处，忽然，有什么东西在最里面的夹层中闪了一下，那是一把钥匙。

包达达马上猜到，爸爸放在这么秘密的地方……一定是那个抽屉的钥匙！

包达达的心怦怦直跳，他被这个秘密诱惑着，把钥匙小心翼翼地插进锁孔，咔嗒一声，锁打开了。

包达达拉开了抽屉。里面竟然躺着一堆破烂：两根旧织针。妈妈是个纺织技师，她倒是擅长编织，还有一大把各式各样的织针……

包达达把东西拿在手里：这是爸爸的玩笑？他故意要作弄包达达的好奇心？不，也许这东西里有秘密？

就在这时候，门响了，妈妈急匆匆地走进来，脚步声直奔这个房间而来，越来越近。

包达达慌了，他把手里的东西丢回去，飞快地锁好抽屉，钥匙塞回公文包……妈妈进门的时候，包达达若无其事地坐在书桌后，正在翻开爸爸的那本大书《考古》，装模作样地研究着。

妈妈根本没在意他，拿起了桌旁的公文包，飞快地走了出去。

包达达松了口气，他打开铅笔盒，忽然发现织针竟然在里面！

刚刚在慌张中，他丢进抽屉里面的是自己的圆珠笔！

包达达打心眼儿里觉得好笑——要是爸爸打开抽屉，肯定会大吃一惊吧！想象一下他脸上的表情！包达达计划第二天把东西还回去，可发生了许愿屋事件之后，他就把抽屉的事儿忘得干干净净了。

现在倒好！

所有的人都被蒙在鼓里——守护秘密的爸爸、妈妈，甚至还有无所不知的卜卜！那个小偷会以为圆珠笔就是抽屉里的秘密！

想起爸爸和妈妈紧张的样子，包达达笑出了声。他们都应该感谢包达达，是他保住了这个秘密！

包达达把织针从书包里掏出来。当他把它放在灯光下，包达达忽然发现这两根织针很特别，在织针尖端的部分，一根是弯弯的钩子，而另一根是带锯齿的圆圈形状。

这个晚上异常沉闷。吃饭的时候，全家人都一声不吭，好像这间房子里根本没有一个人似的，爸爸妈妈都心事重重的。

"最近有段时间我们不在家，你能照顾好自己吗？"妈妈忽然开口说。

"又要出差了？"包达达低头吃饭，"下星期，老师还想见你呢！"

"时间……现在我们说不准。"妈妈忧愁地看了眼爸爸，"只是很担心你。"

"没有任何问题！"包达达说，"我本来就是独行侠。"

"包达达，家里会有怪事儿发生！"爸爸忽然说，"说不定，我们身上也会发生不可思议的事儿，你要好好保护自己才行。"

包达达的心跳加速了，他想起了自己的第三个愿望……爸爸妈妈是不是知道了什么？

看着爸妈担忧的神情，有那么一会儿，包达达觉得自己真是个非常坏的男孩！

包达达匆匆回到屋子里，连电脑也懒得打开。他用被子蒙着头，让自己陷入一片温暖的黑暗之中。这样，包达达会觉得安全些。

第二天是周末，不用去上学。包达达决定留在家里保护爸妈，看那个卜卜到底要做些什么！

包达达在忐忑不安中度过了这整整一天，有时候，他突然惊慌地跑去厨房，看妈妈是不是在那儿；有时候，包达达会猛地推开书房的门，把正在看书的爸爸吓一跳。

"包达达，你怎么了？"

包达达摇摇头，他就像一个时刻等待敌人进攻的哨兵，必须时刻提高警惕。

几分钟之后，包达达在书房门口探头："爸，把你的门钥匙借我用一下。"

"嗯？干什么用？"爸爸迟疑了片刻，还是把钥匙放进他手里。

"谢啦！"包达达快步走到门口，妈妈的门钥匙就放在那儿，包达达把这两串钥匙都塞进口袋里，然后他把爸妈叫到了客厅。

"我不能向你们解释清楚原因。"包达达满脸严肃，和爸妈保持着距离，"你们现在必须听我的!"

"包达达，你要干什么?"

"我必须马上出去，但是现在我没时间跟你们解释原因。"包达达坚决地说，"你们必须留在家里，绝对不能离开!"

"你说什么? 包达达，别再闹了!"爸爸这时才发现事情不对，他皱起眉，大步向包达达走去。

包达达飞快跳出门外，转身把门关上，牢牢锁住。

"马上把门打开!"爸爸大声喊，可钥匙都在包达达那里。

"不!"包达达大声喊，"家是安全的，外面非常非常危险! 你们要相信我，等我回来!"

"你说什么? 外面很危险?"爸爸疑惑的声音。

"我没时间多说了，你们千万别离开! 我很快就会回来!"包达达飞奔而去。

夜色中，包达达一分钟也不敢停下脚步，直奔许愿屋而去。

每一分钟，他那个最可怕的愿望都有可能实现，这像一个巨大阴影，笼罩在他的身上，必须一刻不停地飞奔才能逃离。

许愿屋越来越近了。

这一次，包达达要主动出击，去打败卜卜！

在狭窄的小巷中，包达达听到了越来越近的机器轰鸣声，一束强光从半空中迎面射来，苍白的光芒铺满了地面。

在模糊的视线中，有一只黑色的庞然大物在缓缓移动，像是一只可怕的巨兽。

包达达不由自主地放慢了脚步，心里有种不祥的预感。他迎着强光眯起眼睛，一步步走过去，心跳越来越快——许愿屋不见了，消失了！

包达达揉揉眼睛，可他面前的确空无一物。

原来许愿屋那个地方，只有满地的瓦砾和碎砖块儿。在红灯闪烁的隔离带中间，一台铲车正挥动着大爪子，把剩下的残垣断壁打成碎片，探照灯把四周照得苍白一片。

许愿屋被拆了，在短短的一天之内消失了！

包达达的脸也是苍白的，他的脑子好像停转了。

许愿屋没有了？卜卜呢，他也跟着许愿屋一起消失了？

"小孩，你在干什么？"有个戴着黄色安全帽的人在远处喊，"这里在施工，很危险！快点儿离开。"

包达达向外走出几步，却转圈儿扭头跑了回来。他躲开施工者的视线，偷偷钻进了隔离带中。

包达达在瓦砾中低头搜寻。开始，他一无所获，但没过多久，在断裂的木柱后面，包达达竟然看到了卜卜的面孔，他的额头、帽子埋在泥土和沙砾中，只露出微笑的嘴角和邪恶的眼睛。

包达达命令自己不能逃跑，他慢慢走过去，蹲下身。

包达达的手指触到了冰冷坚硬的面孔，他把沙砾拨开，却发现那是一尊石像——破损的石像，石像手臂断裂了，手中的石鼓也成了碎片。

包达达想起了卜卜的话：我们的约定永远不能改变。

"必须改变约定！你回来！"包达达蹲在地上大喊着。

石像一声不吭，只是微笑着躺在瓦砾中，似乎在嘲笑包达达。

忽然，一个巨大的黑影向包达达扑过来，与此同时，探照灯也射到他的身上。

包达达抬头，铲车的巨大爪子正迎面向他压过来。

"救命！"包达达大喊。

刚才，铲车司机并没发现黑暗中的包达达，此时才慌忙制动，铁爪子停住了，里面的大石块却从半空中滚落，向包达达砸下来。

包达达正要闪开，偏在这时，他的腿被断木桩绊住了，重重跌倒在地。

就在这时候，有个人影扑了过来，他抱着包达达滚到了一边，大石头在他们身旁轰然落下，把卜卜石像砸了个粉碎。

包达达睁开眼睛，刚才救他的人竟然是个陌生的流浪汉，衣服又脏又破，脸上满是泥污。

工地里的人都跑到包达达身边，神色慌乱，大声嚷嚷，负责人怒气冲冲地把他们轰出了工地。

"你是谁？"包达达瞪大眼睛看着流浪汉。

流浪汉躲避着他的目光，他的眼神让包达达觉得很熟悉，似乎在哪儿见过。

"咔嚓、咔嚓、咔嚓！"包达达听到身后传来奇怪的声音……是谁的相机在连拍。

但包达达回头望去，身后却什么也没有。

今晚的怪事儿太多了，以后还会发生什么……包达达顾不上多想，他要赶快回家。

"你不能回家。"流浪汉忽然开口了。

"为什么？"

流浪汉挡到了包达达面前："那太危险了。你应该知道，你的愿望已经实现了。"

流浪汉静静地看着包达达。奇怪，这个陌生人的目光却让包达达感到很温暖。

流浪汉抓住了包达达的手："发生的事情不能改变了，你跟我走，只有我能帮你。"

包达达站在原地没动。

"跟我走！相信我！"

包达达甩开了流浪汉的手："我必须回家！"他头也不回地跑了。他气喘吁吁地来到了家门口——门好好地锁着！

包达达松了口气，可当他打开门的时候，他却发现桌子和椅子都倒在地上，屋里被翻得乱七八糟，所有的东西都四处散乱。

包达达愣了一下，大声喊："爸爸！妈妈！"

没有人回答。

包达达找遍了房间的每一个角落，但是……半个人影也没有，爸爸妈妈真的不见了。

鲁一叮哇哇大叫……

杜老师被大家笑……

爸妈永远找不到——包达达的三个愿望。

在空无一人的屋子里，包达达呆站了很久，他的心里好像空空的，第一次感到特别不知所措，平时他那种满不在乎的劲头都不知去哪儿了。

这时候，包达达忽然看到了地上的那样东西，在一大堆杂乱的物品当中，它显得与众不同。

第五章

礼物的

秘密

巴掌大的深蓝色盒子，扎着银色缎带，在地板上闪着柔和的光。

那是爸爸给包达达带回来的礼物。这几天乱糟糟的，包达达已经把这件事忘干净了。

包达达在地板上坐下拿起盒子。

这是爸爸的礼物！

包达达撕开包装纸，里面是个透明的小匣子，一个戴着花纹帽子的小丑正透过匣子望着他。

包达达打开了匣子，那是一副扑克牌——不同凡响的扑克！

包达达摆弄着扑克，那些纸牌仿佛有生命似的，会在他指尖上跳舞，排成扇子、围成圈儿。包达达打个响指，所有的扑克忽然全都变成红桃，弹弹

牌面，就有一张调皮的扑克牌从中间跳出来。

这正是包达达一直想要的礼物——真正的魔术扑克牌。他曾经眼巴巴地坐在电视面前好几个小时，目不转睛地盯着魔术师的手，在脑子里牢牢地记住那些小动作，那是最让他着迷的游戏。

爸爸居然知道自己想要这个礼物！他一定偷偷观察过包达达，然后像个小孩那样秘密地计划……

现在这些已经不重要了。爸爸消失了，只有扑克牌还留在这儿。包达达觉得鼻子发酸，眼圈儿红了，但他拼命忍住了。

夜已经深了，屋子里安静极了，虽然以前包达达经常一个人在家，但这次的感觉完全不同。包达达一张张地翻看着扑克，他的视线忽然在一张牌上停住了。包达达目不转睛，心里闪过一种奇特的感觉，这张牌的确与众不同……

不知过了多久，门口传来钥匙转动的声音，有人打开锁走进来，应该是两个人，他们的脚步声正向这边靠近。

"爸爸！妈妈！"包达达从地上一跃而起，向门口冲过去。

包达达已经失去了警惕心，甚至没有仔细分辨那脚步声。稍加留心，包达达就应该能听得出来，那是两双厚重的大皮鞋，鞋底上还有大铁钉。

包达达站住了——闯进了两个不速之客。他们穿着一模一样的黑衣服，头上是一模一样的黑色面罩，只露出眼睛和嘴巴。

虽然穿得像双胞胎，但想分辨他们很容易，其中一个是大腹便便的胖子，一个是梳着蓬蓬爆炸头的矮个子，像个鸡毛掸子。那个大个儿在黑面罩上又戴了副黑眼镜，看上去像个熊猫人。

"你们……是谁？"包达达盯着两个蒙面人。

蒙面人不回答，他们根本没把包达达放在眼里，就像回到自己家里那么自在。熊猫人回身锁好门，"鸡毛掸子"敏捷地拔掉了所有的电话线。然后，两个蒙面人就一声不吭，在屋里仔仔细细地翻找起来。

包达达敏锐地发现，他们不是一般的强盗，对钱不感兴趣，却不放过每件小东西，把所有的抽屉都打开，把马桶的水箱盖子打开，连包达达的书包也翻了个底儿朝天。

包达达在屋角里打量面前两个人，脑子飞快地旋转着：现在门锁了，电话也断了，那两人都比包达达强壮得多，反抗、逃跑都不可能。

"你家的相册呢？""鸡毛掸子"出现在包达达跟前，低声问。

"在那儿。"包达达指指书柜下面。

"鸡毛掸子"把所有的相册都掏出来，一张张认真地翻看着，那些合影照片都被他撕成了碎片。包达达和爸妈的合影，爸妈与朋友们的合影……每张都不放过。

"你爸妈去哪儿了？"熊猫人忽然问。

"我不知道，"包达达假装害怕地低下头，"是许愿屋的幽灵让他们消失的。"

就算隔着面罩，熊猫人也藏不住脸上的得意，他的小眼睛在镜片后面眨巴了半天："幽灵？呵呵，没错，我们就是幽灵。"

"是卜卜派你们来的？"

"少啰唆。""鸡毛掸子"冷冷地打断他，"我们什么也不会告诉你。"

"那是什么？"熊猫人发现了包达达的那副魔术扑克，声音充满狐疑。

"这是有魔力的扑克。特好玩！"包达达把扑克递给他，"你随便抽一张，别给我看。"

熊猫人迟疑了。

"快点儿啊，会有奇迹发生的！"

熊猫人抑制不住好奇心，从扑克里抽了一张，小心地藏到身后。

"在心里默念这张牌，让我感受你的脑电信号。"包达达用手指点熊猫人的额头，"不用说出来……让我听听你的心，就全知道了。"

"怎么可能？"熊猫人完全被吸引住了，兴奋地捂住扑克牌，"你在骗我吧？你能听到我心里在想什么？"

那副扑克忽然在包达达的手里乱动起来，好像要跑出来。

熊猫人傻乎乎地看着包达达："出什么事儿啦？"

"别傻了！""鸡毛掸子"在旁边叫起来，"你被那个小孩骗了！"

熊猫人愣了一下，忽然目露凶光。

就在这时，一张扑克牌忽然从包达达手中飞了

出去，打在熊猫人脸上。

"你……耍我？"熊猫人怒气冲冲地抓住脸上的扑克。

包达达一脸无辜："不，这是'王子复仇记'。你夺走了国王，所以王子就会进攻你。"

熊猫人半信半疑地亮出两张纸牌——他藏起的是梅花国王（K），而从包达达手里飞出来的是梅花王子（J）。

"王子复仇记？真是太好玩了！"熊猫人像个小孩儿似的叫起来，啪啪地鼓着掌，"天哪，你是怎么干的？"

"这是一种与生俱来的魔力。"包达达神秘地微笑，"我也知道你们从哪儿来的，知道你们想干什么……"

"你都知道？我的天！"熊猫人已经完全被唬住了，"你真知道我们头儿？他还以为你只是个傻小孩儿，他说……"

忽然，一只干瘦的手牢牢地捂住了熊猫人的嘴巴。

是"鸡毛掸子"。他凑过来按住了包达达的肩膀，狠狠地盯着他："小家伙，你在装傻?"

包达达能闻到，"鸡毛掸子"身上带着一股潮湿的泥土味道。

"没什么。"包达达低声说，"我只是玩个小魔术。"

"那好吧……让我看看你的魔术。""鸡毛掸子"要拿走他的扑克牌。

糟了！包达达知道，这次就没那么好混过去……扑克牌绝不能被他拿走！

包达达拼命要从"鸡毛掸子"手里挣脱，却被他扼住了喉咙。

"你爸妈到底去哪儿了?"

熊猫人这时候也醒悟过来，他阴沉着脸，按住了包达达的手臂。

包达达感到胸口一阵窒息，脸憋得通红，他拼命摇头："因为我的愿望，都怪我……"

门口忽然响起了一个声音："包达达? 包达达在吗?"

包达达感到喉咙一松。"鸡毛掸子"的动作停住了。包达达听出来，那竟然是鲁一叮的声音。

"门居然开着？"另一个声音是黄卷卷，"天哪！地上可真够乱的，出什么事儿啦？你守在这儿，我马上去报警！"

"鸡毛掸子"和熊猫人交换了一个惊慌的眼神儿。

包达达向"鸡毛掸子"低声说："我能应付。"他提高了嗓门向门外喊，"我在呢！你们进来吧！"

"鸡毛掸子"和熊猫人都愣了，包达达指了指爸妈的卧室。他们还很犹豫，可已经没时间了。

"鸡毛掸子"故意向包达达亮了亮袖口，那里寒光一闪，一定是刀子！

在鲁一叮和黄卷卷走进来的前一秒，两个蒙面人钻进了屋子，虚掩上了门。

黄卷卷小心地绕开地上的杂物："这儿怎么啦？你爸妈呢？"

"他们……有急事儿出去了。我要找点儿东西，就翻乱了。"包达达脸上挂着勉强的笑容。

"真的吗？"鲁一叮怀疑地看着包达达，他像只小狗那样吸着鼻子，"我怎么闻到了奇怪的味儿。"

包达达赶紧拦住了他，打岔说："你们怎么这

71

么晚跑来了?"

"鲁一叮说你可能有危险。"黄卷卷说，"他给我打了电话，让我陪他过来。唉，我看是他一个人害怕吧。"

"真有事儿。我接到了一个奇怪的电话，说你可能有危险，让我阻拦你回家，把你带到我们家里去。有危险就报警。"

"你说什么?"

"我正想问呢，电话就挂断了!"

"这肯定是谁给我捣乱!"包达达说，"幸亏你们还没报警!"

就在这时，另一个房间里忽然传来了咣当一声。

鲁一叮马上停住了，他和黄卷卷都看着包达达。

"那是我的小仓鼠! 它最喜欢到处乱钻，比如说爬到你的衣服领子里面去!"

"啊! 是老鼠!"黄卷卷掉了一地的鸡皮疙瘩。

鲁一叮却满心好奇地想看个究竟，包达达挡在前面把他们两个都推出了门。

"你干什么?"鲁一叮抱怨着，"我们可是来救你的!"

"好啦！好啦！你们已经看清楚了，我什么事儿也没有！你们快回家吧！已经太晚了。"

"可是……"

"没有什么可是！我都累死了！你们现在可是真烦人！"

"可是……"

"明天见！"

鲁一叮的话还没说完，门已经在他面前重重关上了。

包达达听见他们在门口固执地站了一会儿，无可奈何地走了。

"都怪你多事儿！被一个电话就骗了。"

两个人互相埋怨着下楼了。

里屋的门打开了，两个蒙面人走了出来。

包达达故意畏惧地看着他们，胆怯地说："我没出卖你们。"

两个蒙面人无声地从他身旁经过，径直向门口走去。

"我只希望你们带我去见卜卜，我有话想跟他说。"

"鸡毛掸子"冷冷地哼了一声："有本事就自己去找他吧!"

熊猫人向包达达挥挥拳头："别跟着我们，否则……"他一拳砸碎了玻璃台灯。

包达达看着两个蒙面人走出楼门，却并没有走远，而是钻进了停在路边的一辆汽车里，车子并不离开，就静静地守候在包达达家楼下。

包达达脸上的畏惧消失了，眼神冷静得像特工007。包达达回身紧紧关上了门，确认门和窗子都已锁好，连窗帘都紧紧拉上。

包达达掏出了口袋里的那副魔术扑克牌，找到那一张特殊纸牌。

这才是藏在屋子里真正的秘密。

刚才，包达达故意装得天真可怜，还像个小孩儿似的玩起了魔术扑克，其实都是为了保护这个大秘密!

就在蒙面人出现之前，包达达发现在那张扑克牌的背面，竟然有字。为了不让他们检查这副扑克，包达达故意要宝，玩变魔术的花样，转移他们的注意力。蒙面人把扑克当成了小孩子的玩具，自然放

松了警惕。

包达达找到了那个地址：青花大街28号——是爸爸的字迹。

包达达脑中灵光一现，他发现了某种模糊的破绽：

"许愿屋幽灵"并不是幻想世界里的"魔法"，在不可思议的"童话案件"背后，有精心布置的计谋，甚至是可怕的陷阱！

包达达钻进了爸爸的书房，这里刚刚被两个蒙面人翻得一塌糊涂，所有的东西都乱作一团。但包达达却很容易地在书柜的后面找到了爸爸的笔记本，那是包达达和爸爸之间的默契，他藏的东西包达达总能找到。

笔记本里有一张奇特的地图，长长的隧道连接着一些小小的房间。每个房间都有编号，还画上了奇形怪状的符号。

包达达一眼就认出来，这是一座地宫的剖面图，一座真正的地宫！也许是帝王的墓穴，也许是远古的秘密地堡……这样的剖面图，他曾经在爸爸的考古书籍里见过。

包达达的爸爸是研究古代艺术品的专家，尤其是在丝制品和金银器方面，他绝对是一流的行家。

爸爸曾经和包达达说过，他不喜欢在家里研究，他希望到真正的古墓中去探险，去发现里面隐藏的秘密！

现在回想起来，前一段时间爸爸忽然变得非常兴奋，眼睛总是闪闪发光。同时，他也异常忙碌起来，总是不断地外出工作。有时候，连妈妈都经常和他一起失踪……

现在看起来……这件事会不会和笔记本上的地宫有关？

包达达翻着笔记本，里面记录着爸爸随手写下的疑问。

"石碑中记载的宝物是不是装在里面？"

"奇怪的丝绸？——会是金属丝的作用？"

"盒子里的迷宫？"

"已经看到了开启的希望……"

盒子里的迷宫？这些话是什么意思，包达达现在也猜不出来，但他知道爸爸肯定有个秘密，和神秘的地宫有关，和迷宫有关，与某样神秘的宝贝有关⋯⋯对，还和卜卜有关！

可是，爸爸已经失踪了，这些问题包达达没机会当面问他⋯⋯现在，能够让真相大白的人只有包达达，只有他一个人！

许愿屋来的蒙面人并不知道父母的下落，似乎他们也没有解开爸爸未解的谜团⋯⋯那么有种可能性：包达达的父母并不是被卜卜劫持的，而是自己离开的。

对了，他们还用扑克牌给包达达留下了信息，那个隐秘的地址！

想到这个，包达达的心就怦怦直跳，他恨不得马上就去那个神秘的地方——爸爸妈妈肯定正在那儿等着和他碰面。

⋯⋯但是现在，蒙面人就在黑暗中监视着他，准备跟踪他。

先睡一觉，麻痹他们，让他们以为自己是个傻小孩儿⋯⋯明天！明天就去那个神秘的地方！

包达达一个人蜷在沙发上睡着了，手里握着那副扑克牌。

在梦里，爸爸在书房里看书，沙沙的翻书声从门缝里传出来；妈妈在厨房里炒菜，香味儿充满了整间屋子。

包达达在梦中露出了微笑。

他不会想到，明天还有比许愿屋更离奇的经历在等着他。

包达达的指纹

第六章

被诅咒的

古董店

　天蒙蒙亮，楼下蒙面人的车子已经不见踪影。包达达向嘴巴里塞了几片面包，就独自出发了。

　　包达达的书包里装着地图、指南针、爸爸的笔记本，藏在最里面的，是那副魔术扑克牌。包达达的鼻子上架了一副奇怪的眼镜，看上去普普通通。其实，在眼镜的边角上镶嵌了两片小镜子，让他能够清清楚楚地看到自己后面的情况，这就是著名的间谍眼镜！

　　清晨的街上几乎没什么人，周围安静极了。天是半透明的淡蓝色，空气清凉。

　　忽然，包达达从眼镜的反光里看到，有人跟在身后，像个牢牢粘着他的影子。可是包达达刚站住，那人影却闪到墙后，一转眼不见了。

　　没时间去管他了。包达达按原定计划前进。没过多久，他发现，那条神秘的大街就在面前了。

　　就在包达达拐弯踏进那条街的时候，忽然有人使劲儿拉住了他。

　　包达达回头，发现竟然又是那天的流浪汉，刚才一路跟踪自己的人肯定也是他。

　　"你想干什么？"包达达警惕地盯着他。

　　这人总是行踪诡秘，而且从来都不袒露他的想法。

　　"听我说，你不能去！那很危险！"流浪汉着急地说，"这都是卜卜的诡计！你不能再上他的当了。"

　　"你是谁？你知道我父母在哪儿吗？"包达达追问。

　　流浪汉沉默了，他一定隐藏着什么秘密！

　　"是爸爸特意给我留下的地址，就在那件特殊的礼物里。"包达达说，"不管你是谁，你和卜卜是什么关系……都别想阻拦我！"

　　"那个地址是个误会，你爸爸希望警察能发现那张扑克，而不是你！事情很复杂，现在说不清

82

楚。听我说，你爸妈很安全，只是不能来见你，在这种特殊的时候，他们越是接近你，你反而越是危险……"

流浪汉还没说完，忽然有一辆卡车打青花大街里钻出来，从他们身边慢慢驶过，在卡车的车厢上，竟然画着卜卜的面孔！好像那是什么公司的标志似的。

有人从车窗里探出头来，注意地看着他们。

流浪汉迅速闪到了一边儿，躲避那人的视线。而包达达却趁机挣脱了那人的束缚，跟着人群钻进了青花大街。

不过，包达达偷偷留下了流浪汉的指纹，在放大镜下面，那弯弯曲曲的纹路看上去有些眼熟，好像在哪儿见过。他把指纹小心地收藏好，等到有时间的时候再细细研究！

现在，这个神秘的地方出现在包达达面前了。这条街道狭长而热闹，两边是林立的店铺，是个旧货市场。他回头张望一下，发现流浪汉早已不见踪影。

青花大街的店铺大多是古董店，专卖各种各样稀奇古怪的东西，旧收音机、黑白电视、电风扇，包达达从来没见过的旧式风帽，玻璃烟斗，许多不知真假的古董。

整条街上的人都很神秘，面孔严肃，穿着古怪，脚上黑布鞋，深色中式褂子，宽腿裤子，让人觉得好像回到了古代。他们都彼此相识，碰面只是点头打个招呼，并不闲聊。可是，在他们平静的表象后面，眼神却像刀子一样锋利。

也许是因为包达达是个小孩儿的缘故，并没有人特别注意到他。包达达正好趁机直奔目标，他认真地数着门牌，"20、22、24……"应该马上就到了。

可奇怪的事儿出现了！26号的陶瓷店旁边是30号的国画店！包达达来回转了好几次，一无所获……28号消失了。

这条街道居然唯独没有28号？或者是，包达达找错地方了？

就在包达达感到很失望的时候，他忽然发现了一个奇怪的小细节——在30号附近那片地面的青砖中，其中有两片印着图案。

包达达蹲下身来仔细看着，他抹掉青砖上的灰尘，发现那图案竟然是卜卜的笑脸，和卡车上的商标一模一样！

此时，陶瓷店的大胡子老者正挥着掸子，清理门口的工艺品，迎面恰好撞上低着头的包达达，要不是老头儿手疾眼快地抓住，那个青花大瓶子就会摔成碎片儿。

"你是从哪儿来的？"大胡子老者气冲冲地说，"我们这儿不欢迎小孩儿。快点儿走吧！"

"我要找28号。"包达达说。

"你说什么？28号？"老头儿认真地打量了一下包达达。

周围的人也听到了，都向这边望过来。

整条街道似乎都突然安静下来了，人们这时才发现，熟悉的街道上来了一个陌生的不速之客。他们慢慢围拢过来，像闻到异味儿的猎犬一样，把包达达包裹在中间。

人们的目光警惕，充满敌意，肩膀挨着肩膀，不给包达达留一点儿空隙。

"你肯定搞错了。"老者脸上出现了古怪的微笑，

"这条街上没有28号。"

"这不是28号的标志吗?"包达达故作天真地指着地上的青砖图案,"刚才,我还见过他们店铺的宣传车。"

老人面色一沉:"不,也许以前有过,不过现在已经消失了。告诉你吧,这是一家被诅咒的店铺。"

"诅咒?"

"那可是不久以前的大新闻!一个月以前,店主人不知从哪儿弄来了一套古代的乐器石俑,和真人一样大小,模样简直就像真的一样!店主觉得能卖个大价钱,高兴极了。"

老人的目光投向半空中,好像亲眼看到了那天的情景。

"可到了那天的深夜,空无一人的店铺里,竟然传来了奇怪的乐声。烛火闪烁中人影晃动,夹杂着石头互相摩擦的沙沙声,其中那咚咚的鼓声非常吓人……好像店里的乐器石像复活了。"

包达达心里闪过一丝恐惧,那让他想起了许愿屋的可怕事件。

"再后来，店铺主人和所有的伙计忽然在一夜之间消失了，谁也没见过他们。28号的店铺门被封住了。"

包达达这时才发现，在石狮子后面，似乎有一个隐秘的小门，被封条拦腰封住。

"这不是什么好地方，你还是快点儿离开吧。"

"不，先别让他离开。"人群中忽然有个声音说，"这小孩儿到底是谁？"

人群跟着混乱起来，许多肩膀之间，忽然有人要伸手抓他。

没等包达达反应过来，忽然有人不顾一切地挤进了人群，一把抓住了包达达。

是个陌生的白发老太太，戴着金丝边眼镜："对不起，我的孙子给你们添麻烦了！他就是太好奇，喜欢到处乱跑。"

"我不认识你！你到底是谁？"包达达的话还没说完，老太太就猛拍他的背，让他下面的话咽到了肚子里。

"劳驾大家让一让！"没等周围的人反应过来，老太太已经拽着包达达挤出了人群，她的脚步飞快，手臂特别有劲儿。

"你想劫持我？"

两个人一口气跑到了邻近的街道，包达达猛地甩开老太太的手。

"傻瓜！我是为了帮你！"

"干吗多管闲事儿？"

"记住，别再胡乱冒险了！"老太太说，"这不是聪明人的行为！你忘了，你身上还带着重要的东西呢！"

这句话把包达达说动了，他不再挣扎。"你是谁？"包达达仔细打量对方，"我好像见过你。你是不是也认识那个奇怪的流浪汉？"

老太太却躲闪着他的目光，还用手臂遮住自己的脸："我得走了！你最好去鲁一叮家里待上一阵儿，然后一起去找杜老师，他们才能帮你！"

"你还认识鲁一叮和杜老师？"包达达惊讶极了。他似乎看出了老太太的破绽，她银色的头发被风吹得歪歪斜斜的，好像要从脑袋上掉下来了。

她戴的是假发，脸上的皱纹大概也是伪装……

青花大街那儿传来急促的脚步声，有人在低声议论："刚才那两个人？""他们向那边跑过去了！"

"快去找！一定要把他们弄回来。"

老太太手忙脚乱地把包达达塞进了一辆出租车，催促司机快点儿离开。隔着玻璃窗，老太太的眼睛一直目送包达达，那目光温暖而值得信任。

包达达看着老太太的背影消失在街角——她肯定是一个经过伪装的熟人，而且和包达达很熟悉，就像那个流浪汉一样……但是，那人会是谁呢？

几十分钟之后，包达达并没有回家，而是到了学校。刚刚在车上的时候，他忽然有了一个计划。

星期天的校园空荡荡的，很安静。包达达敲响了一间宿舍门。

"请进！"

杜老师正在那儿等他。包达达刚刚在电话里和她约好。

"杜老师，您知道学校后面那间许愿屋的事儿吗？"包达达开门见山。

"你说的是那间封住大门的破屋子吧？那绝对不是许愿屋，什么幽灵啊之类的事情，只是传说罢了。"杜老师说，可她的表情却有点儿怪怪的，好像隐瞒了什么。

在包达达的催促下，杜老师终于忍不住了，"……我听说，那里倒是曾经发生过一件怪事儿。"

"怪事？"

"那件破落的老房子早就没法住了，就在别人准备拆毁它的时候，忽然有个神秘的买主花大价钱把老房子买了下来。更怪的是，买下之后，这座房子却从来没有人进去过，大门总是紧紧锁着。总有人说看见过许愿屋里面人影闪动，我觉得很奇怪，那些人是怎么进去的？"

包达达默默地听着，他在心里说：不，的确有人进了许愿屋，不过，他们走的不是大门，而是从另外一个隐形的门进去的。

"那么……还，还有一件事儿。"包达达忽然磕巴起来，"杜老师，那次在篝火晚会的事儿……后来，您又想起什么细节了吗？"

提到这件事儿，杜老师也尴尬起来："我去医院检查了血液，医生说是里面有迷幻药，让我做出了那种疯狂的举动……"

杜老师难过地低下了头："可是，我也不明白为什么有人会对我做那样的事儿。"

包达达的心被狠狠地撞击了一下，忽然难受起来。

就在这时，门忽然被推开了，鲁一叮和黄卷卷忽然闯了进来。他们看到包达达，都惊讶地大叫起来。

不等包达达阻止，鲁一叮已经一口气向杜老师讲了所有的怪事儿：奇怪的电话、包达达家里的怪事……大家都用疑惑的目光看着包达达。

包达达半天才开口："对不起，我还不能告诉你们。"

不管他们再问什么，包达达都一言不发了。他不能让别人知道这件事儿的秘密，尤其是杜老师和鲁一叮。

包达达想了想，忽然从书包里掏出了爸爸的笔记本，交给了杜老师。

"杜老师，请你帮我保存这个！这份资料很重要。"

"出什么事儿了？"杜老师皱起眉，她低头翻看本子，"这是你爸爸的东西？你的父母去哪儿了？"

鲁一叮也把脑袋凑过来："这是什么？哇……好像是寻宝地图啊！"

寻宝地图！这个词儿在包达达的脑子里闪亮了一下！

"这个本子我会很小心地保存。"杜老师合上本子，"你有自己的秘密，但你应该告诉我们，你要做什么，有什么困难，也许我能帮上忙。现在你的父母不在身边，老师就要对你负责。"

包达达的鼻头有点儿发酸，但他努力克制住了。包达达的心里犹豫极了，现在他非常需要别人的帮助，哪怕只是听他讲讲这件事情。

"那次……我进了许愿屋，在那儿遇见了一个人，他说他是可怕的许愿幽灵！"包达达刚刚说到这儿，杜老师屋里的电话铃忽然响了。

杜老师抓起电话："你好。什么……你找包达达？"

包达达迷惑地拿起电话，里面竟然传来了卜卜的声音。

"小包同学，你好！听说你来找我了？"那个坏蛋的声音听起来很愉快。

"你想说什么?"

"我只是想提醒你,别把那个秘密说出去,否则的话,恐怕你失去的不仅仅是爸妈,连同学和老师也不会再理你了!"

"你在吓唬我?"

"现在他们关心你,只是因为他们不了解你!如果你把我的秘密说出去,我就会把你的愿望告诉大家,讲给每个人听。你有勇气让大家知道这一切吗?"

包达达没有回答。

"还有一件事儿,不要再去那个被诅咒的店铺了!小心你自己也会消失!"电话挂断了。

这个家伙似乎总是在监视包达达的行踪,在关键的时候捂住他的嘴巴,让包达达把这个黑色的秘密埋在心里,生根发芽。

"是谁的电话?"

无论杜老师和鲁一叮怎么追问,包达达都不肯透露电话的内容。

卜卜的恐吓像巨大的阴影笼罩着他……卜卜说得对,包达达没勇气让杜老师和鲁一叮知道真相。

但是同时，他却忽然有了一个很大胆的决定——既然卜卜总是突然袭击他，现在，包达达也要给卜卜一个意外惊喜！

　　"我自己能解决这件事情，到时候我会把一切都告诉你们的。"包达达径直走出了宿舍，他没有回家，而是返回了青花街。

　　26号的陶瓷店铺门前，老头看见包达达，满脸惊愕："你又来了？"

　　周围的人聚拢过来，成了一个密实的包围圈儿，让包达达无路可逃。

　　包达达却不慌不忙："我找28号，让我进去！"

　　"你不害怕吗？"老头说。

　　包达达平静地摇摇头："不，我只去28号。我爸爸在那儿工作。"

　　"你爸爸是谁？"胡子老者阴沉着脸说。

　　包达达从书包里掏出了一张照片："看，这就是我爸爸！"

　　老头盯了会儿那张照片，又把它传给其他人，他们面无表情地窃窃私语，最后，所有犀利的目光都落在包达达脸上。

老头的手掌重重地落在包达达的肩膀上："你说他是你爸爸?"

包达达的心都要从胸口跳出来了,他目光不动声色地四下打量……但是所有的路都已经被堵死了,他无路可逃。

"我爸爸把这件工具落在家里了。我听他说过,这样东西很重要,这儿的人用得着。"

周围的人都被吸引住了,好奇地凑过来。包达达从书包里小心翼翼地捏出了那对织针。

当胡子老头拿出放大镜,看到织针的奇特形状,镇定从容从他脸上消失了,老头竟然忍不住啊了一声。

周围的人也在惊愕地窃窃私语。

老头不再说话,把织针小心送到包达达手中,他走到26号与30号店铺之间,那门口放了一个模样古怪的巨大石兽。

老者握住石兽轻轻一抬,那个沉重的庞然大物竟然被移动了,他竟是个举世无双的大力士!

沉甸甸的石兽移走之后,露出后面一扇隐藏的小门。

没错，这应该就是28号了，被巨大的石兽堵住了。包达达恍然大悟。

"快点儿。别耽误时间了。"老头拉开小门，那是一条漆黑悠长的走廊，一直通向很远的地方。

包达达毫不犹豫地走了进去，他感到背后的门被关上了，沉重的石头擦过地面，重新堵住出口。

现在，包达达已经没有退路了。

可是，他四周是一片黑暗，什么都看不见。包达达伸出手去摸索，他竟然在黑暗中摸到了另一只手。

那是一只冰冷而坚硬的小手，一动也不动。

第七章

复活

之夜

　　包达达慌乱地缩回手，这时，他眼前却忽然亮了。

　　柔和的光芒从头顶洒下来，那是来自天花板上的一盏盏莲花灯。两边的墙壁都是精致的青石雕刻砖，两边竟然是两道水流，里面是红白相间的锦鲤，暗香浮动的睡莲，中间有一条窄窄的木板桥。

　　刚才，包达达摸到的是角落里的书童石像，石像调皮地伸出手来，掌心向外，上面有个红色的圆点。

　　想必那就是莲花灯的触摸开关。

　　这个地方似乎是个精心布置的店铺。

　　包达达轻手轻脚地前进，地道里九曲回廊，转了好几个弯儿，眼前忽然豁然开朗。

　　一个宽敞的大房间里，竟然摆放了上千件石像！侍女、武士、佛像，高大的足有几米，精致的只有巴掌大，应该都是价值连城的古董，还有巨大的石头怪兽，石马、石虎、神兽……

　　包达达在石像中穿行，心里冒出来一种奇特的感觉，这些石像本来似乎都是有生命的，只是遭遇了邪恶的魔咒，才会在一夜之中化为石像。他们藏在石头里面的心怦怦地跳动着。

　　包达达忽然发现了大房间角落有一扇小门，门虚掩着，他走过去，探头张望。

　　小房间里有一个来自古代的鼓乐队，有人弹琴，有人吹箫，在正中的那个人，竟然就是击鼓的卜卜。

　　尽管他们只是石像，包达达的心还是剧烈地跳动起来，他正想走进去，身后忽然响起了脚步声。

　　有几个人正从走廊那边过来，马上就会发现包达达了。

　　包达达发现身旁有个巨大的虎形水管，它张开的巨口足有半米高。他顾不得多想，弯腰钻了进去。

　　包达达刚刚藏好，有几个人就进来了，领头的像是个年轻的伙计，后面跟着几个戴墨镜的人，其

中一个提着金属手提箱。

伙计热情地招呼着那几个人，可他们说的话包达达却一点儿也听不懂，似乎是某个地区的方言。他们竟然径直向包达达这边走来。

伙计要带他们去那个小房间，半路，为首的墨镜男人却停住脚步，注意上了那个虎形水管，颇有兴趣地凑过来。

包达达暗暗叫苦。好在伙计叫住了墨镜，墨镜男人走进了那个小房间，后面的几个人却站在门口，贴墙而立，他们的西服口袋隐隐透出手枪的形状……一定是保镖！

这是个秘密店铺。包达达明白了，这里只招待特殊的客人。

时间一点儿一点儿地过去了。那两个人不知道进去了多久，也许有几个小时了吧！

包达达百无聊赖地想，他们难道在里面看石像乐队的表演吗？

保镖石雕木刻般站在门口不动，根本没有离开的意思。包达达根本出不去，而随时有可能被那些可怕的家伙发现。

包达达觉得全身酸软，一路奔波的困倦包围了他，他竟然在水管中打起盹儿来。

"咚！咚！咚！"那种熟悉而可怕的鼓声竟然又响起来了。

包达达猛地惊醒过来。

那一瞬间，包达达几乎忘了自己身在何处，那一刻，他好像又回到了许愿屋，那个漆黑而恐怖的黄昏……

包达达探头向外张望，屋子里已经漆黑一片，一个人也没有了。

"咚、咚、咚！"那鼓声又响起来了，越来越近。

包达达从水管中钻出来，静静地站在黑暗中。

旁边的小房间忽然亮起了摇曳的烛火，在柔和的光芒中，一个黑影从屋中走了出来，一边击鼓，一边跳着古怪舞蹈，黑袍子迎风摆动，高帽子晃来晃去。

在鼓声中，半空中竟然亮起了一盏盏烛火。

包达达感到一阵战栗，他看清了那张面孔，没错，那是卜卜！

"卜卜！"包达达大喊一声。

卜卜微微一怔，他眯起眼睛向这边望过来。

包达达走到光亮中，眼睛里闪着愤怒的亮点儿。

卜卜终于认出了包达达，轻声笑道："是你啊，好久不见。你是来感谢我满足了你的愿望吗？不，其实那全是你的功劳，我只是帮了一点儿小忙。"

"你……我的爸爸妈妈在哪儿？"

卜卜笑了："别说傻话了。"他故意模仿包达达的语气，"爸爸妈妈找不到！这话是谁说的？"

"可那不是真的，是玩笑。"包达达说。

卜卜似乎已经对包达达的纠缠厌烦了，他挥挥衣袖要离开。

"不！听着。"包达达拉住卜卜的衣袖，"我知道，这其实是个骗局，这不是愿望，而是圈套！是你布下的圈套！"

卜卜仰头大笑："哈哈！现在倒来埋怨我？这是你自己许下的愿望，没有人能够收得回来！就算是我的圈套，难道你敢跟任何人去揭穿真相吗？"

"等着瞧吧，我会想办法让一切回复原样！"

"你以为什么事儿都可以挽回？时间能重来一遍吗？那是你的愿望，可不是开玩笑！"卜卜的表情陡然严肃起来。

卜卜忽然凑近了包达达，邪恶地眨着眼睛："除非……你愿意把这件事情的真相告诉所有的人。那些可怕的愿望，讲给那些人。"

"不！你不能说出去！"

"当坏念头在你心里出现，你就是个法力无边的魔鬼，心里蹦出可怕而邪恶的火星儿，我只是让火焰燃烧起来。"

"可是……"包达达嗓子发痒，他的眼圈都红了，可他拼命不让自己在卜卜面前哭出来。

"好啦，既然事情已经这样了，乖乖认命吧。你可以跟大家说你的父母出国了，或者去了外地工作。反正，撒个小谎就行了。记住，这是我们两个人之间的小秘密。"

"我……"包达达站在那里，什么也说不出来了。

"快点儿离开这儿吧，现在，应该有人正在外面等你，想要救你出去呢！"

"谁？等我？"

"没错，我可以透露给你一点儿线索。"卜卜低声说，"他是被你诅咒的人呢！"

卜卜突然腾空而起，跳到了几米之外，他的眼神像是同情又像是嘲弄："我也帮不了你。再见……不，应该是永别！"

"你不能走！"包达达大声喊。

卜卜摆摆手，不慌不忙地击了一下鼓。

在鼓声中，包达达发现周围不对劲儿了，黑暗中亮起了星星点点的绿光……那竟然是两边林立的石兽的眼睛！那些巨大的石猪、石虎、石马居然开始移动起来，它们挪动着笨重的身体，咔啦啦地摩擦作响，石兽的喉咙里发出低沉的吼叫声，缓缓地向包达达包围了过来。

天哪，满屋子的石兽都复活了？

这里成了一个妖怪森林，四周都是可怕的石兽，大块头越来越近，包达达却顾不上害怕了。他从石兽缝隙中向外张望，卜卜正向门口走去。

不能再让卜卜跑掉了！包达达硬着头皮向前冲过去，他一脚踩在小石龟的背上，借力跳上石马的背。石马跳跃着，试图甩开他。而旁边的石虎竟然歪过头来，张嘴咬人。

包达达急忙闪开，可这时忽然有什么东西把他卷了起来。

那是巨大的石象！足足有五米高，它用坚硬冰冷的鼻子把包达达紧紧裹住，他怎么也挣不脱。

卜卜站在门口，向包达达古怪地微笑了一下，消失了。

包达达大叫起来："卜卜，等等！我还有话要说……"

就在这时，石象的鼻子忽然翻卷过来，对准了包达达的脸。

包达达眼前出现了一对黑洞洞的鼻孔，越来越近，几乎贴到了他的脸上。包达达忽然在那里面看到了一根金属细管。

那是什么？石象的鼻子里怎么会有这种东西？

包达达忽然听见有人在窃窃私语。

"快点儿！弄昏那小子。"

"等等，我在找啊……"

声音听上去挺耳熟，是那两个蒙面人的声音！

怎么回事？他们也在这间屋子里？

包达达还没反应过来，石象的长鼻子忽然喷出乳白色的烟雾，刺鼻的味道让他使劲儿咳嗽起来，喉咙疼极了。

这时候，包达达感到头越来越重，视线也模糊起来。

那烟雾有问题……但不能昏倒……

包达达昏沉沉的，他努力想保持清醒，可浓浓的睡意一阵阵袭来。对了，那副最重要的扑克牌现在还在他的口袋里，如果被那些人发现的话就糟了！

大象把包达达放到了地上，它抬起巨大的石腿，对准了包达达的脑袋，慢慢地踩了下去。

包达达意识到要躲开，可他的身体麻酥酥的，一动也不能动，只能眼睁睁地看着巨石脚离自己越来越近。

就在这时，忽然一阵急促的脚步声在不远处响起，似乎正沿着走廊向这个房间奔来。

巨象要落下的脚停在了半空中，不再移动了。

突然，有人用力撞开了大门，有人在叫喊，似乎还有人在扭打挣扎……

包达达忽然听到了一个熟悉的声音："放开我儿子！"

那……明明是爸爸的声音！

爸爸没有失踪？他来了？

对了，刚才卜卜提到那个等待包达达的人，难道就是爸爸？

包达达心跳加快，他很想马上爬起来。可是他神志却越来越模糊，无论他怎么努力地睁大眼睛，面前的景物却似乎都隔了一层白雾，怎么也看不清楚。

恍惚间，包达达眼前的两个人竟然是那个奇怪的流浪汉，和神秘的老太太。

但那声音明明是爸爸……爸爸？

可惜，包达达还来不及弄清面前的人到底是谁，忽然有什么东西在他头上重重一击。他眼前一黑，昏沉沉地晕了过去。

第八章

曝光的

底片

　　"嗨！嗨！"有人在包达达耳边叫，那声音好像从很远很远的地方传来，包达达想努力睁开眼睛，却昏沉沉地没力气。

　　"喂……喂!"那是另一个人的声音。

　　第一个声音又在嘀咕："包达达不会死了吧。"

　　第二个女声尖叫起来："别吓唬我! 救命啊!"

　　那尖厉的声音好像根锋利的针，一下就把包达达扎醒了。他猛地睁开眼睛，面前是满天繁星的夜空。

　　这是哪儿? 包达达还在头晕目眩。

　　一张圆脸忽然出现在包达达面前，倒把他吓了一跳。

　　"包达达，你醒啦? 哎哟!"居然是鲁一叮，他

叫得太用力，打着石膏的胳膊跟着疼起来。

"太好啦，你没死！"兴奋尖叫的是黄卷卷，她的口水差点儿喷到包达达脸上。

包达达慢慢地坐起来，向四周打量。

大块儿的青石地板，寂静的街道空无一人，所有的店铺都拉下了铁门，只有路灯在闪烁……他面前是那条神秘的古董街。

包达达怎么会躺在这儿？难道是鲁一叮和黄卷卷打败了石兽，把他救出来了？他们简直就是蜘蛛人和猫女！

"刚才的事情真是太可怕了！"鲁一叮迫不及待地要把自己的故事告诉包达达。

"让我讲！"黄卷卷把鲁一叮推到一边，抢着说。

原来，昨晚鲁一叮和黄卷卷越想越不对劲儿，两个人一路跟踪，来到了这条古董街。两个人在暗处观察，却看到包达达消失在石狮子后面，竟然整整一天都没有出来。

傍晚，两个人在青花大街的拐角商量主意，鲁一叮提议报警，黄卷卷却固执地要等到明天再看，她认为包达达一定是在店铺里面侦察，如果他们擅自破坏了他的行动，说不定结果更糟！

两个人差点儿大声吵起来。

就在这时候，安静的街道上，忽然有两个奇怪的人影匆匆赶来，在寂静的街道上，他们的脚步声显得特别响。两个人径直冲到了28号门前，毫不犹豫地打碎了玻璃，闯了进去。

鲁一叮和黄卷卷在外面静静等待，奇怪的是，那两个陌生人却再也没有出来。

十几分钟之后，28号门前的石狮慢慢移动，门打开了，惊人的一幕出现了：竟然有两个古代兵俑出现在那儿，他们先是鬼鬼祟祟地探头向外张望了一会儿，才小心地走来，他们身上穿着沉重的铠甲，面无表情，走路的姿态也像是机械人那样笨重，两人一前一后地抬着包达达，走到了街边，把他放到地上，匆匆离开了。

鲁一叮和黄卷卷确定四周没人，才偷偷地溜到了包达达身边。

"还好我们跟来了，要不你肯定惨了！"鲁一叮还沉浸在兴奋中。

包达达却没有回答，他低头在沉思着什么。没错，是那两个人在关键时刻救了自己。包达达想。

流浪汉和老太太到底是谁？包达达掏出了口袋里的指纹小本，那上面记录了他收集的不少指纹，终于，他找到了两枚一模一样的纹路，原来，那两个人竟然是包达达最熟悉的人！

现在，包达达已经明白了，和许愿屋有关的所有事情都不是魔法，而是坏蛋的诡计！现在，他要一步步揭穿他们的骗局。

"到底发生什么事情了？"黄卷卷眨巴着眼睛，"现在，你总该告诉我们了吧！"

"我遇到一个怪人，他缠上了我，故意设陷阱让我上当。"包达达迟疑片刻，"他偷走了我家的东西，我必须找回来。本来，我以为他们就藏在这间古董店里。可是……我搞错了。"

包达达的话里有一半儿是真的，另一半却撒了谎。没办法，有些事儿他没法跟鲁一叮说。

"真的吗？是什么样的人？他偷了什么宝贝？"鲁一叮很兴奋地问，"肯定是珍贵的古董吧？哇……是非常寻宝行动啊！我们应该成立一个侦探小队！"

"对啊，我们三个联合起来，帮你把宝贝找回来！一定非常好玩！不过，你得先告诉我们，你到底丢了什么啊？到底是谁偷走的？"

包达达看着面前两个兴奋的同伴，不知道说什么才好。难道包达达能说——他是把爸爸妈妈给丢了？

包达达不愿意任何人再掺和到这件事里来，他干脆地拒绝了面前的两个伙伴。

"什么？"黄卷卷大失所望，"不用我们？"

"你还没清醒过来啊？一个人根本不行。"鲁一叮拍拍包达达的脑门儿，"刚才你就差点儿完蛋，要不是有我们……"

"我还有要紧事儿，我要走了！"包达达站起来，掸掸身上的尘土，"你们以后不要再跟踪我了。"

黄卷卷气坏了："包达达！你站住！你想甩掉我们？"

包达达大步流星，没有回头。说实话，他也不知道自己该去哪儿。

"包达达。"鲁一叮忽然从口袋里拿出一样东西，"你看这是什么？"

是爸爸的魔术扑克！包达达摸摸自己的口

袋——那儿果然空了。

"鲁一叮，你偷走了我的扑克？"包达达生气了。

"才不是。这是从你口袋里掉出来的，别以为我什么都不知道。这里面有张扑克牌写着青花街的地址！我猜，这事儿还和你爸妈有关。对啦，这就像那次你非要一个人跑到许愿屋去，我本来是去叫人的，可你偏不等我，结果怎么样？"

包达达想起了许愿屋的那一幕，如果不是鲁一叮偷走了掌上游戏机，就什么也不会发生了！没有卜卜！也没有愿望！

包达达怒气冲冲："把东西还给我，马上！"

鲁一叮被包达达的眼神儿吓住了，可他还嘴硬："你这个自以为是的家伙，没有我们，你一个人什么事情也办不成！"

两个男孩互相拉扯着，谁也不肯让步。

包达达抢扑克牌，鲁一叮却不肯放手，扑克里那张王牌竟然被他们不小心撕破了。

"那是什么？"鲁一叮松开了手，他发现，王牌破损的茬口儿处露出了什么浅褐色的东西。

包达达眼睛一亮，原来，王牌扑克竟然是张有

118

夹层的扑克牌，里面藏着东西！

就在这时，街边的店铺忽然一间一间地亮了起来，有脚步声响起来。

有人要发现他们了！

"快走啊！"黄卷卷拉扯着包达达和鲁一叮，不停地催促着。

街两边一道道金属门拉开，不远处，有隐约的人影出现在门口，狐疑地望着他们三个。

再不离开的话，就真的危险了！

街口，一辆300路末班车正好经过，黄卷卷、包达达和鲁一叮急匆匆地跳上了车。

摇晃的公共汽车上，三个孩子坐在最后一排。

包达达把扑克牌里藏的东西拿了出来——那是一张底片，上面有两个米粒大的人影，根本看不清面目。

鲁一叮凑过来看看，指着胶片上的那行数字说："这是KODAK Technical Pan 2415的黑白胶片，精度很高，称为黑白负片之王。平时很少见，主要是用来拍摄微距静物。这里还记录了照片的拍摄日期是二〇〇六年七月二十九号，也就是一个月之前。"

包达达把底片小心地放进口袋里，他心里乱极了，甚至不知道自己该去哪儿。

"我家倒是有个洗照片的小暗房，不过，你去不去我也无所谓……"鲁一叮故意懒洋洋地说。

"我们现在就去！"黄卷卷替包达达作了决定，"下站就是鲁一叮家。我们下车！"

这次，包达达没有反对。因为，他太想知道这张照片里到底是谁，爸爸为什么要把它藏在扑克里呢？

在那间地下室小暗房里，鲁一叮啪地打开了灯，暗红色的灯光笼罩了整间屋子，墙上贴满了洗好的照片。

"把东西给我，看我的吧。"鲁一叮伸出手，包达达犹豫了片刻，还是把底片交给了他。

鲁一叮熟练地布置好一切，把照片固定好，打亮灯光，在下面铺好相纸，浸到显影液中。

模糊的图案渐渐地在相纸上浮现出来，先是两个男人的轮廓和背景，其中一个搂着另一个的肩膀，面带微笑，看上去很亲密。他们的轮廓逐渐清晰，身上都穿着粗布工装，照片背景看上去很奇怪，即

使称为外星球也不过分，几十米高的大房子，高处有一排轮船舷窗的气孔，地上堆着奇形怪状的机械，包达达从来没见过。

"这个人有点儿眼熟。"鲁一叮看着相片左边的那个人，"好像在哪儿见过。"

"我认识，那人是包达达的爸爸!"黄卷卷叫起来。

"右边的人是谁? 包达达，是你爸爸的朋友吗?"黄卷卷问。

包达达闭紧嘴巴，一个字也说不出来。

照片上的两个人包达达都认识，可他无论如何也弄不明白，爸爸为什么会和那个人在一起。

尽管那人改变了装束，没有戴高耸的帽子、穿宽大的袍子，可怕的尖牙也消失了，看上去就像是普通人，但他那张微笑的面孔，包达达却一眼就认出来了。

那个人……竟然是卜卜!

怎么可能? 爸爸居然和卜卜出现在一张照片上! 这张在一个月以前拍的照片……难道，爸爸认识卜卜?

头绪太多了，包达达需要些时间好好想想。

鲁一叮皱着眉头盯着照片，把图像放大，再放大……

"我认识这个人！"鲁一叮忽然说。

"又在吹牛吧？"黄卷卷问。

"那是一个星期前，在学校附近。他和另外几个人一起抬大箱子，那箱子很重，他们非常吃力的样子。就是这个人和我迎面相遇的时候，还向我笑了一下，好像认识我的样子。"

"你看一眼就记住了？"

"你不知道，这几个人居然径直向许愿屋走去……"

"后来呢？"

"恰好一辆公交车从这里经过，挡住了我的视线，等车子离开的时候，他们居然不见了！"

包达达忽然问："这件事情发生在我进许愿屋之前，是吗？"

鲁一叮思索片刻："嗯，没错。就在那之前的一两天。"

包达达喃喃自语："原来他们早就在许愿屋里布置好了陷阱，等着我进去。即使那天没有那个巧合，他们也会找机会引诱我进去……卜卜一定知道我爸妈在哪儿！"

"包达达，你在说什么？"鲁一叮莫名其妙。

就在这时，门铃忽然响了。

"这么晚了，是谁啊？"鲁一叮噔噔地跑向门口。

包达达却有种不祥的预感。

"天哪！"鲁一叮叫起来，"包达达快过来！"

那是个可视门铃，小屏幕上映出淡绿色的画面，门口陌生人的面孔映在里面。

鲁一叮指着小屏幕："说曹操，曹操到。他居然来了！"

包达达什么话也没说，嘴唇发白，额头上都是汗水。他的手里还捏着那张湿淋淋的照片。

没错，现在，卜卜就站在鲁一叮家门口。

第九章

午夜

快递员

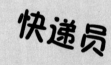

卜卜穿了一身紧巴巴的橘红色制服，又滑稽又怪异，像个快递员。他手里抱着一个纸箱子，脖子上还打了个可笑的绿领结，笑眯眯地说："有快递。包达达的快递。"

看着门铃上的小屏幕，包达达明知道那家伙不可能看到自己，还是下意识地向后退了一步。

"是照片上那个人！他怎么来了？"黄卷卷问，"包达达，你认识他？"

"我明白了，他一定就是纠缠包达达的那个怪人！"鲁一叮拿起了门铃上的电话，"喂，你找错了，这儿没有什么包达达！"

"没有？"卜卜的眼睛骨碌碌地转着，好像能透过可视电铃与包达达对视，"我已经看见他了啊。

还有个男孩和一个小姑娘和他在一起。说话的是鲁一叮吧，我认识你。"

黄卷卷尖叫起来："啊！他怎么能看到我们！他的眼睛能透视吗？"

"我说过，你搞错了！"鲁一叮大声说，"十秒钟之内你再不离开的话，我就直接打电话叫警察了，一、二、三……"

"我有一样对包达达很重要的东西。"卜卜不慌不忙地拍拍盒子，"我要马上见他！马上！马上！"

"包达达不会出去的！"鲁一叮叫起来，他忘了自己刚说过包达达不在这里。

"你大概没明白我的意思。"卜卜利索地打开了盒子，从里面拿出一个笔记本，翻得哗啦啦作响，"包达达，你看这是什么？"

包达达认出来，那是他被偷走的日记本。他从鲁一叮手里抢过了电话："我是包达达！"

"终于找到你了！"卜卜兴奋地打了个响指。

包达达忽然有了一个大胆的想法，他只能那样做……

"请你进来吧，我也有问题想要问你呢，"包达达平静地说，"门已经打开了。"

包达达按了开门键，黄卷卷和鲁一叮都吃惊地看着他，谁都看得出来，门外的人绝对是个危险人物。

一眨眼的工夫，卜卜已经站在三个孩子的面前了。

"我要带你去找父母。"卜卜说，"你这些小朋友可不能跟着。"

包达达看着卜卜："你刚才毫不留情地拒绝我，现在却又来找我。我凭什么相信你的话？"

"我改变主意了。现在你只能相信我。除了我，没有人能帮你。别忘了，我是法力无边的卜卜，没有什么是我办不到的。"卜卜双手合在一起，掌心中竟然腾起了一团绿色火焰，屋子里顿时鬼气森森。

黄卷卷胆怯地躲到了包达达身后。

"算了吧！"包达达打断卜卜的话，伸手在他掌中一拍，绿色火焰顿时熄灭了，"我现在终于明白了，你根本不是能实现愿望的卜卜。这都是骗人的小把戏！"

卜卜愣住了："你说什么？"

"我不会再上当了。你只是个普通人，你本来就认识我爸爸，而且还对他不怀好意。那天，你精心在许愿屋布置了陷阱，静静地等着，再装神弄鬼来吓唬我，到后来，还耍那些花样。如果我没猜错的话，你最终的目的……其实是在我爸爸身上。"

卜卜陡然变色，显然是被猜破了内心最大隐秘。

包达达的声音平静得像个大人："不管你是谁，现在，你必须马上告诉我，我的父母在哪儿？否则，今晚你别想离开这儿。"

鲁一叮已经溜到了门口，咔嗒一声锁住了大门。

警车的声音由远而近，黄卷卷大声说："听见了吧！我已经报警啦！"

"这都是你的胡思乱想！"卜卜努力掩饰着自己的惊讶，他忽然跳到了鲁一叮身后，"看看这只可怜的胳膊，是不是让你想起什么事情来了？"

鲁一叮和黄卷卷听得莫名其妙，满脸迷惑。包达达却好像被人狠狠打了一拳，喉咙发紧——卜卜明明是在暗示他，他要当着大家的面揭穿包达达的愿望。

看见包达达不说话了，笑容又重新回到了卜卜脸上。

"好吧，好吧。我什么都不说了。"卜卜拍拍包达达的肩膀，"我们是好朋友，这是好朋友之间的小秘密。现在，和你的同学告个别，我们去办重要的事。快点儿，我们赶时间!"

包达达低下了头："鲁一叮，黄卷卷，对不起……"

"包达达，你不会真跟这家伙走吧?"鲁一叮瞪大眼睛，"别听他的威胁，我们会保护你的。"

包达达忽然抬起头来，他觉得自己从来没有这么勇敢过："我要告诉你们一件事……鲁一叮，你胳膊受伤的事，其实和我有关，简直可以说，就是我干的! 还有，还有那天发生在杜老师身上的怪事，还有我爸爸妈妈的失踪，其实都是我的错。"

鲁一叮和黄卷卷目瞪口呆，卜卜的脸色更是难看，好像一只被人踩住尾巴的猫。

包达达不敢抬头看大家的表情，他一口气把整件事情都说出来了，一点儿都不隐瞒。他实在给憋坏了，脸上都是汗，好像跑了一个马拉松似的。

不知道是什么时候，卜卜已经悄无声息地离开了。

"我就是个这样的人，表面上看不出来，但心里其实是个坏蛋！一旦让我有了魔力，我就会干出很可怕的事情来。"

鲁一叮和黄卷卷表情复杂，他们互相看看，鲁一叮紧紧地皱着眉，扶着自己胳膊，好像那儿又剧烈地疼痛起来了。

"好啦！现在你们都知道事情的真相了。鲁一叮，我们还是朋友吗？"

包达达向鲁一叮伸出手，鲁一叮却躲开了。

"你还是离开这儿吧，带着你的照片。"鲁一叮小声说，他回身走进自己的房间，重重地关上了门。

黄卷卷不知所措地看着他们，包达达独自转身离开了，黄卷卷也没有叫住她。

包达达一个人走在空荡荡的街上，他也不知道自己要去哪儿。

午夜的路灯把包达达的影子拉得很长很长，看上去好像他拖着一条黑色的长尾巴。

包达达的脚步越来越慢。终于，他坐在台阶上无声地哭起来了。他真的有点儿想家了。

包达达搭凌晨第一班汽车回了家。

包达达看到了窗口暖暖的灯光，一个人影正在灯下编织着什么，他眯起眼睛仔细看着。慢慢地，他惊喜地露出了笑容，大步飞奔起来。

还没走进家门口，他就听到了嗒嗒的织针忙碌的声音，听上去那么亲切。

是妈妈回来了！

然而，当包达达推开门的时候，眼前的情景却让他愣住了。

屋子已经收拾得整整齐齐，有人背向着门坐在沙发上。

她听到有人进来了，回头看看，向包达达露出了微笑："包达达，你终于回来了。"

包达达吃惊地站在原地，什么也说不出来。

那是个陌生的胖女人，几乎有二百公斤重，把沙发都压扁了，她手里拿着织针，正在织一条很长的条纹围巾。

"你是谁？"

胖女人还没回答，厕所里却传来抽水马桶的声音，还有脚步声。

还有另一个人？

厕所门打开了，包达达差点儿以为自己眼花了，走出来的人竟然和沙发上的那个人一模一样，两个人穿着一样的衣服和皮鞋，她们好像是直接用复印机制造出来的。

包达达发现了她们唯一的差别——两个人戴着不同的娃娃胸针，一个是火红的小魔鬼，一个是洁白的小天使。

"我们等了你好久。""白天使"声音柔和地说，"我们现在就出发吧！"

"我们去哪儿？"

"到时候你自然就知道了！""红魔鬼"暴躁地大叫起来，"你最好别啰唆！我已经不耐烦了，如果你不肯乖乖跟我们走的话，我就不客气了！"

"别这样！""白天使"依然细声细气地说，"包达达，我知道，现在你心情很复杂，你一定很想知道爸爸妈妈在哪里？他们现在很好，一点儿事儿也没有。只要你跟我走，我保证，不一会儿你就可以见到他们了。相信我。"

"围巾很漂亮。"包达达看着"红魔鬼"刚刚拿

起来的那条围巾——金色和
蓝色相间的图案，用了一种
极其复杂的编织方法。

"那当然。""红魔鬼"把围巾
搭到脖子上，"这围巾是独一无二
的。是我自己织的。"

包达达表面上不动声色，心却狂跳起来：她在
撒谎！

那明明是妈妈心爱的围巾，独一无二。那是她
亲手织的，没有人能够仿制。

"红魔鬼"拿走了妈妈的围巾！

"包达达，你应该相信我，但我不能告诉你我们
要去哪儿，因为……""白天使"还在喋喋不休地
劝说着。

"不用说了。"包达达急切地打断了她，"走，
我们马上出发！"

楼下，一辆黑色的中型客车等着他们，几个人
默默地登上了车，车门砰的一声关上了，车子缓缓
地启动了。

第十章

消失的国王和皇后

　　车窗上的小帘子被拉上了，外面的景物被遮得严严实实，什么也看不见。

　　汽车匀速向前行进，车厢里没有人说话，空气安静极了。

　　几分钟之后，"白天使"忽然开口了："我们的旅行还长得很，不能总是这么无聊！不如，我们来玩个有意思的游戏吧！"她的胖手伸向包达达的口袋，"哦，我看见了一样好玩的东西，你也喜欢玩扑克？"

　　糟糕，那副魔术扑克从口袋里露了出来。

　　包达达下意识地捂住了口袋，往后躲闪。

　　"干吗这么小气！""红魔鬼"怒气冲冲地抢过了包达达的扑克，"我们只是要借用一下。"

　　如果硬是不交出扑克牌的话，更会引起她们的怀疑，而手上的扑克魔术是包达达的拿手好戏。

　　包达达笑了："那好吧，如果你们赢了，这副扑克就归你们；如果我赢了，我就要你的围巾！"

　　"红魔鬼"一口答应，她建议大家玩那种"憋七"的扑克游戏，就是要从四个"七"开始，把四种花色牌按顺序摆出来。

　　洗牌的时候，包达达把那张有地址的扑克牌事先藏在袖口里。而在抓牌的时候，他不露声色地漏掉了一张，一切做得天衣无缝。看样子，两个胖女人什么也没发现。

　　包达达的运气很好，遥遥领先，"红魔鬼"被他逼得节节后退。不出意外的话，过会儿他就能拿回妈妈的围巾了！

　　可游戏快要结束的时候，"红魔鬼"忽然叫了起来："不对！包达达，这扑克牌里有问题！"

　　包达达和"白天使"都愣了。

　　"红魔鬼"一把夺过了包达达手里的所有扑克，又拿走了"白天使"手里的牌，然后，一张张地仔细检查着。

包达达的脑门儿冒出一层冷汗，难道他的秘密被她发现了？

"看，我说的没错，""红魔鬼"把所有的扑克都在椅子上摊开，"这副扑克里少了两张牌，是……方块K和红桃Q。"

"白天使"叹了口气："真遗憾，看来我们玩不成了。"

"太好玩了！这副扑克牌倒是很有意思。""红魔鬼"盯着包达达，露出了诡异的微笑，"就像是一个有趣的预言，K是国王，Q是皇后。这副扑克里偏偏是国王和皇后消失了，就像在预示着……你的爸爸妈妈的失踪。"

她挑衅地看着包达达，好像故意想把他弄哭似的。

"你怎么能这么说？""白天使"低声抱怨着，"太伤人了。"

包达达把扑克牌摆成扇面，波浪似的起伏，发出噼噼啪啪的声响，好像那扑克牌有了生命："这副扑克牌里的确藏着秘密，不过，它告诉我，你刚才猜错了！"

"嗯?""红魔鬼"瞪大了眼睛。

"你只发现了消失的是'国王和皇后',却没注意到,他们是'方块国王'和'红桃皇后'。在扑克牌里,方块代表钻石,红桃代表智慧。看来,我的父母不是失踪,他们只是在忙自己的事儿。而他们的工作,一定与'宝物和智慧'有关。"

两个胖女人都大惊失色,她们慌张地互相看看,一个脸色苍白,一个脸涨得通红。看着她们紧张的样子,包达达几乎要笑出声来了。

"你怎么会知道……""白天使"的话还没说完,却被红魔鬼猛地拍了一下。

两个人低声窃窃私语了一会儿。"红魔鬼"从背后拿出了一条黑色的布带:"游戏结束了。"

红魔鬼用黑布蒙住了包达达的眼睛,还用结实的尼龙绳绑住他的双手。

两个胖女人都不再说话了。车子里一下安静下来。

汽车还在继续向前行驶,时间慢慢地过去,给人感觉车子已经开到了很远的地方。

包达达眼前一片黑暗,看上去就像已经睡着了似的。可"白天使"和"红魔鬼"谁也没有发现，包达达在用手指在座位上缓缓比画着，嘴里无声地匀速数点，在心里记忆车子行驶的方向和时间——向东走了约半小时，左转向北走了约二十分钟，然后右转……

包达达的脑子里形成了一条路线，如同黑暗中闪光的复杂折线。虽然他不知道车子确切的位置，但是有一件事情他却能肯定：

这辆车子在原地兜圈子！司机故意用了一种迷惑人的方式不停地拐来拐去，其实却没有真的走远。

这和"红魔鬼"和"白天使"玩牌的目的一样，都是为了分散包达达的注意力。

司机这样做，只可能有一个原因——他们要去的秘密地方，其实应该就在包达达家附近。而且，包达达一定认识那个地方，所以，他们才会费尽心思绕路，给包达达布置了一个迷魂阵。

包达达想到这些，偷偷笑了。弄清楚了真相，他感到一阵困倦，忍不住靠在椅背上，昏昏欲睡起来。

不知又过了多久，车子忽然停了下来。

包达达被两个胖女人抓住胳膊，跌跌撞撞地带下了车。

虽然眼前是一片黑暗，包达达却闻到了一股熟悉的混合味道，青草味，土腥味儿，远处还有淡淡的蛋糕甜味儿。

这是学校后面那条街上的味道，也就是……许愿屋的附近。

"这是哪儿？是不是已经到了另外一个城市了？"包达达故意这么问。

根本没人理睬他的问话。

包达达感到脚下异常凸凹不平，他故意装做跌倒，伸手摸到了地面上那些碎裂的石块儿，没错，这就是许愿屋的废墟！

许愿屋已经被拆成了砖头瓦块儿，他们又来这里干什么？

几个人在什么地方站住了。

那奇异的鼓声不知从哪儿响起来，包达达打了个冷战。

紧接着，是巨大石板缓缓滑开的声音，包达达被人拉着走下了长长的台阶，来到了黑暗的地穴之中。

包达达被按在一个又冷又硬的石凳子上，周围细碎的脚步声渐渐走远了，人们似乎都默默地离开了，把包达达独自留在寂静中。

"有人吗？"包达达小声问，无人回应，好像那些人已经被黑暗吞噬了。周围只有潮湿的泥土气息。

"人都去哪儿啦？"包达达这次提高了嗓门，他听到自己的声音在空旷的大厅中回荡。

包达达试图挣脱手上的捆绑，可是尼龙绳绑得结实极了，纹丝不动。

他该怎么办？

就在这时，包达达听到有人蹑手蹑脚地接近了他。

"是谁？"包达达警惕地问。

来人却不回答，只是默默地接近他，紧接着，有人忽然捂住了他的嘴。

一个声音凑到他耳朵边："别叫，我们是来救你的！"

那是鲁一叮的声音。

"我们会把你带出去的。"这是黄卷卷！

"你们怎么来了？"包达达大吃一惊。

"我本来根本不想来！"鲁一叮低声哼唧，"可是我一想，要是没人帮你，你说不定真的变成古墓幽灵啦！"

两个人手忙脚乱地解开了包达达手上的绳子，包达达摘掉了脸上的蒙眼布。周围的景物一下子出现在他眼前，这是间大得惊人的地下宫殿，足足有十几米高，在高耸的墙壁中间有一排舷窗般的方形气孔，扇叶飞快旋转。地面上堆放着奇形怪状的大型工具……

这个奇怪的地方包达达曾经见过，是爸爸和卜卜合影的地方。

原来，这就是爸爸工作的地方！

包爸爸的指纹

第十一章

天衣无缝的
锦囊

"知道我们是怎么找到你的吗？你看，这里就是地图上的这里！"鲁一叮从口袋里拿出了一样东西。

竟然是爸爸的笔记本。

鲁一叮承认，这东西是他从杜老师那儿偷偷拿来的，他想研究一下里面的内容。

鲁一叮发现，神秘地图其中标示的一条暗河，似乎与城市角落的那条很像。他按照地图的路线寻找，居然就歪打误撞地找到了地宫的另一个入口——也就是许愿屋。

"还有这一页，"鲁一叮兴奋地说，"这里记录的是金丝锦囊，说不定就在这座地宫里。"

"那是什么？"

"据说，曾有人在古墓中发现过一种奇怪的织

物，几千年都不腐朽，原因就是纺织者在里面加入了金丝，才让那种织物不会变质。可是如何把金丝和蚕丝融合得天衣无缝，却是个技术上的谜团。"

"你是说……我爸爸的笔记里有金丝锦囊的记录？"

"而且他已经拿到了实物，开始了试验。"鲁一叮说。

就在这时，不知从哪儿传来了奇怪的鼓声。

几个孩子互相看着，都不说话了。

"咔啦啦……"大厅墙上，忽然裂开了长长的门缝，一扇巨大的石门出现了，缓缓打开。

沉重的咚咚脚步声，让大厅的地面都微微震动起来，远远的，那片黑色的阴影向他们靠近。在昏暗的灯光下，隐隐能够看见有个神秘的军团正在逼近过来。

"那是什么？"黄卷卷胆怯地问。

包达达默默地摇摇头，他握住了黄卷卷发抖的手。

黑影越来越近，鼓点儿忽然变得急促起来，伴随着这个节奏，其他乐器也跟着奏响了。那竟然是个身着古装的乐队，吹排箫、弹古琴、敲腰鼓，他们的衣服僵硬，面无表情。

……它们都是石头人，就像机械人一样动作迟缓，演奏出来的曲子却优美而古怪，有一种奇特的吸引力，让人仿佛陷入梦境之中。

乐队逐渐靠近过来，把几个人围在中间。那些可怕的石头面孔怔怔地望着他们，乐曲戛然而止。

包达达忽然有种不妙的预感，他想抓住黄卷卷和鲁一叮的手，却已经来不及了。

就在这时，大厅里所有的灯光忽然同时熄灭了，黑暗和寂静笼罩了一切。

包达达在黑暗中呼唤黄卷卷和鲁一叮，却无人回答。他隐约听到周围窸窸窣窣的脚步声，正在逐渐远去。

几分钟之后，头顶忽然燃起了点点绿火，包达达这才发现，黄卷卷和鲁一叮已经不见了，他又成了独自一个人。

包达达身处一个乐队石俑之中，那些高大的石像冰冷无声地站在那里，好像生命力已经从他们身上消失了。

包达达在石像中穿行。周围一个人没有，可不知怎么回事，包达达总是感到有人在什么地方看着他。不管他走到哪儿，那双眼睛都落在他的身上。

忽然，有什么东西飘落到了他的面前，是一张卡片。

包达达弯下腰，卡片背后的花纹很眼熟，正是那副魔术扑克中的一张，是丢失的红桃K！

这张牌是从哪儿冒出来的？

包达达的心怦怦跳起来，他仰头看着那些木然的石像，看上去一模一样的面孔中，却有两个石像的眼睛竟然是亮亮的。

包达达轻轻碰触石像的手臂，竟然感到了温暖的体温。

包达达踮起脚尖，摸到了石像的脸——原来，那是个露出眼睛的面具，只是被勾画成石头的样子。

包达达用力摘下面具，他愣了两秒钟，叫出声来了："爸爸！妈妈！"

没错，被藏在石像里的人正是包达达的父母，可无论他怎么呼唤，父母都一言不发，他们似乎已经被麻醉了，失去了行动和说话的能力，只能睁大眼睛望着包达达。

"我知道，是爸爸妈妈用自己做交换，把我从那群坏蛋手里救了出来。"包达达终于忍不住抱着爸爸妈妈，轻声哭起来。

没错，化装成流浪汉和老婆婆的就是爸爸和妈妈！可包达达却莽撞地一错再错，让爸爸妈妈为他付出了代价。

爸爸妈妈虽然不能说话，可他们温暖的目光好像在安慰着他。

就在这时，包达达忽然发现爸爸的手在动，他费力地伸出一根手指，指向了不远处的某个地方。

包达达顺着那个方向望了过去。

他这才发现，在空旷的大厅中央的地板上不知什么时候浮起了一个高台，高台上有个玻璃罩，一束光从屋顶射下来，照亮了里面的一样流光溢彩的宝贝。

那是什么东西？

包达达大步跑过去，原来，玻璃罩里凌空悬浮着一个奇特的织锦包裹，竟然是天衣无缝，如同水晶球般。织锦上精美的图案巧夺天工，是一幅古代乐队欢庆歌舞的场面。

这就是天衣无缝的锦囊？

包达达曾经听父母谈到过这个"天衣无缝"的锦囊。

据说在古代，曾经有座宝塔下藏着一个神秘的盒子，从来没人打开过，谁也不知道里面放的是什么。几千年之后，织物却完全没有腐朽。最奇妙的是，这个盒子外面包裹了一层织锦，是在盒子外面织成的，完全地把盒子包裹住了。这锦囊浑然天成，丝丝紧扣，竟然连一道缝隙也没有，更找不到打开锦囊的接口，手法简直不可思议。

除非把这件稀世珍宝的锦囊毁掉，否则，永远也不可能打开盒子。

也有人说，这锦囊本身就是稀世珍宝，也许打开锦囊中的盒子，里面本来就空无一物，就像海市蜃楼一样，故意要引人犯下大错。

当时，包达达只是觉得这是个奇妙的传说，没想到，天衣无缝的锦囊竟然出现在眼前了。

就在这时，一个人的声音在包达达背后响起来。

"包达达，我们又见面了。"

那是卜卜的声音。

大厅里忽然亮起了许多盏烛火，卜卜出现了，他已经换上了普通人的装束，向包达达慢慢走过来。

双胞胎胖女人、熊猫人，还有青花街上的老者、伙计都出现了，这群人向这边围了上来。

卜卜走到玻璃罩子跟前："这就是天衣无缝的锦囊，想必你听爸爸提起过吧？传说中，这盒子里面是稀世珍宝，但谁也不知道那是什么。完好无损地打开盒子，是所有人的梦想。"

包达达默默地听着，卜卜只想给他讲一个奇特的故事吗？

果然，卜卜慢腾腾地说："现在，居然有一个人破解了这个谜团……"

"你说的是我爸爸。"包达达说。现在，他才明白，爸爸的抽屉里怎么放那两根织针……那就是真正的秘密，那是破解"天衣锦囊"的钥匙。

卜卜微笑着："你的爸爸是我们最好的合作伙伴。"

"不，不可能！你们是最可恶的盗墓贼！我爸爸不是和你们一伙的！"包达达大声说，"你们一定是用欺骗的手段，让爸爸接受了破解秘密的委托。"

卜卜并不应声，可从他的表情就能看出来，包达达猜得没错。

爸爸的失踪就是为了这件事情。就在即将打开宝盒的时候，爸爸忽然得知委托人竟然是盗墓贼，他不肯打开锦囊，取得宝物。

但盗墓贼却不愿放过他。他们威胁包达达的爸爸，如果去揭露他们，他们就会把宝贝毁掉。盗墓贼给了包达达父母三天考虑的时间，同时，用"许愿屋"的圈套蒙骗包达达，让整个事件变得更加扑朔迷离，难以捉摸。

而离奇的失踪事件，其实是包达达的父母在盗墓贼赶来之前，离开了家。他们本来想要带走包达达，却阴差阳错地错过了。几次想去阻止包达达的冒险行为，却没能成功。直到包达达被困在古董店，爸妈用自己交换了儿子。

"好啦，现在一切你都知道了。"卜卜脸上又出现诡异的微笑，"现在，我们需要你来帮忙。"

"你又要我说什么愿望吗？"包达达警惕地看着他。

"不！这一次，你能帮助爸妈和自己离开这个地方……只需要帮我们打开这个锦囊。"

"我怎么可能打开这个东西？只有我爸爸才能做到，我不行。"

"不，你是唯一能做到这一点的人，对这个我最清楚不过。"卜卜打量着包达达，好像要在他的脸上发现什么东西。

"你说什么？"

"也许，你已经不记得掌上电脑里面那个奇怪的小游戏了，那个奇怪的迷宫游戏，让人眼花缭乱，摸不着头脑……"

包达达认真地回忆着……迷宫……游戏……

对了！他的脑海中像放电影般又出现了那一幕，就在许愿屋事件发生的那一天，包达达在爸爸的掌上电脑里发现了那个游戏！

一条条曲折路线，交织如同蛛网。你必须小心翼翼，时刻保持警惕，在最复杂的岔路口面前，在那些望不到尽头的弯路跟前，第一时间作出正确的选择。

爸爸曾经说过，走迷宫不是靠眼睛，而是靠脑子。

　　"迷宫思维法"是一种非常重要的思维推理方法：假设我们经过了三个岔路口，我们选择一条路走下去，当走到死路时再返回，在离自己最近的那个路口换一个选择，证明都是死路时，再返回第二个路口……

　　即使掌握了方法，有的人却永远走不出思维的迷宫，你需要敏锐的眼力，非凡的记忆力，果敢的判断，超人的意志！

　　包达达有种奇妙的直觉。在嘈杂的环境中，他能听到某种别人都忽略的微妙声音，在几百张面孔的合影照片中，他能立刻发现他想找的那个人。

　　这种古怪的能力，让包达达成为一个真正的迷宫高手，也帮助包达达破解了那个奇怪迷宫。虽然中间也费了不少周折，但最后……他还是走到了迷宫的出口。

　　记得胜利的一刹那，包达达真觉得眼前一亮，好像从黑暗通道里钻了出来，他还差点儿打到了杜老师的鼻子……

　　"喂！"卜卜的声音把包达达从回忆中拉了出来，

"你已经想起了那个特别的游戏，对吗？"

包达达说："我懂了，那不是普通的游戏。而是破解这个锦囊的机关，对吗？"

"没错。"卜卜说，"连你爸爸也破解不了的难题，居然被你这个小孩解开了，不光你爸爸没法理解，连我们也觉得不可思议。"

卜卜拍拍手，玻璃罩无声地打开了，卜卜小心翼翼地把锦囊拿在手上："现在就看你的了。一切解决之后，你和你的父母安全地离开，而我会带着这里面的东西走，这对我们都有好处。"

"看到这个了吗？"卜卜拿出了一个绿色的玻璃瓶，"这是救你父亲和母亲的解药。你只有一个小时的时间。否则，他们可能永远都不会醒来了。"

这怎么可能？过去，包达达仅仅是破解了编织的方法，却不知道这个锦囊天衣无缝的突破口究竟在哪儿？

这就像找不到迷宫的入口，又怎么可能走得出来呢？

"你会有办法的。"卜卜不紧不慢地转身，"我对你非常有信心，不管遇到什么样的难题，你总是有办法的。"

汗珠儿从包达达额头上冒出来，卜卜的声音好像离他越来越远，他的大脑里乱作一团。

只有一个小时的时间，面前却是不可能完成的任务……

爸爸会愿意打开这个锦囊吗？

入口！入口究竟在哪儿？

爸爸应该知道关于入口的事儿，可是，他已经昏迷了。

现在，包达达只有独自一个人面对这个难题了。可他心里越是着急，头脑却越是混乱。

无意中，包达达摸到了口袋里那副魔术扑克，这是爸爸的礼物，每次他遇到难关的时候，纸牌都会给他指引，就像是爸爸站在他身边帮忙。现在，是他救爸爸的唯一机会。

包达达把那张刚得到的红桃K放进纸牌盒里，现在，他已经找到丢失的国王，可是，爸爸为什么会拿走那张扑克牌呢？

会不会和哪种密码有关？

包达达拿出纸牌在面前摆弄着，四位国王再次

"聚"到了一起，他们看上去一模一样，就像是毫无差别的复制品。

包达达和爸爸都知道一个秘密：每副扑克牌中其实都藏着很多隐形密码，也包括你手里的那一副，只是你没有发现罢了。

在包达达还是个小孩儿的时候，爸爸和他玩过一个有趣的小游戏。爸爸把扑克中的所有的K拿出来，让包达达找出它们的不同。

很快，包达达就发现了藏在扑克牌中的密码！

第十二章

扑克牌

密码

　　虽然当时他只有五岁，但包达达记得很清楚，在短短的半分钟之内，他就准确地找出了扑克牌中微小的差别。

　　包达达把四张扑克牌一一摆出来：方块K上面的国王是侧面像，手持一把战斧；梅花K上面的国王戴着十字架珠宝；黑桃K国王的背后有竖琴的图案。

　　爸爸告诉包达达关于扑克牌背后的故事，方块K是罗马的恺撒大帝，他在罗马硬币上就是侧面的模样。而梅花K是最早征服世界的亚历山大王。黑桃K是公元前的以色列国王的父亲戴维，擅长弹奏竖琴。

　　只有那张红桃K，包达达瞪着眼睛看了好久，也没有发现什么。

　　"别着急，这的确有点儿难。"爸爸笑着说，

"因为，这里面的密码是隐形的。"

"隐形密码?"

"对，这就像屋子里多了某样东西，你很快会注意到。可要是屋子里少了一样东西，却很难被人们发现。"

包达达终于发现了隐形的破绽，那差别就在国王的脸上!

也许，锦囊的秘密也在那些面孔上! 包达达举起放大镜仔细看着锦囊上的图案。

在色彩艳丽的丝绸上，织出的图案是一列古代乐队在演奏，他们身着金光灿灿的华服，手持叫不出名字的古代乐器，姿态各异，神情栩栩如生。

那图案不是印染或是刺绣上去的，而是在织锦的过程中，用一种极其复杂的编织方式织出来的，加入了金、银打造的丝线，根根纵横交错，巧夺天工。

但现在，包达达无心欣赏图案，他把注意力集中到了那些乐人的面孔上，只有花生米大小的十几张面孔中，有白面书生，有发髻高耸的少女，还有长须飘飘的老者……

包达达只有几分钟的时间了。他必须尽快做出判断，必须是正确的判断。

应该没错，密码就在那些织锦人物的脸上！

锦囊上的人物面目各异，各不相同，包达达的目光却集中在队首的老者身上，他是个与众不同的人，"锦囊妙计"就在他身上。

这和扑克中的密码有关：红桃K是弗兰克国王，最早用凿子在木板上刻他的人物像的职员，因为不小心凿子滑动后把上唇的胡子刮掉了。此后，红桃国王都是以这张画为标本。因而，只有红桃才有没有胡子的国王。

而在锦囊的图案上，包达达发现，老者是唯一长着胡须的人。

按照扑克上的信息，爸爸留下的暗号应该就是"拿掉胡须"。

包达达拿起了镊子，从人物图案的胡须处挑起一根细细的锦丝。

如果他的判断错了，整个锦囊会在瞬间变成一团乱丝，来自远古的所有秘密都会毁于一旦，而爸爸的生命也会危在旦夕……

包达达没有时间犹豫了，他只能放手一搏——希望他和爸爸之间那种特殊的默契能够帮忙。

记录时间的沙漏中，只剩下薄薄一层沙子。

包达达手心里全是汗，他脑中忽然灵光一闪，终于下了决心，屏住呼吸，轻轻挑断了那根丝。

黑暗中，有许多人跟着他的动作紧张起来。

包达达用镊子夹住了丝线，如同穿越迷宫般在织锦中穿梭。

锦囊一点点分开，可以看得到织锦中间，放着一个深红色木盒，表面的漆皮已经剥落了。

一直在周围监视着包达达的盗墓贼们惊喜地围上来。

还差一半的时候，包达达的手臂却一动不动了。

"怎么回事？"卜卜的声音在黑暗中响起来。

"马上把解药给我爸妈！"包达达低声说，他的汗水慢慢从额上滑落下来，"否则，我会把这件东西毁了。我不是什么考古学家，我才不在乎毁掉一件旧东西呢！"

包达达故意满不在乎地这么说，他知道，现在手中的宝贝是自己唯一的砝码。

卜卜向旁边使了个眼色，"白天使"板着脸走出来，取出消毒针管灌满了解药，注射进了爸爸和妈妈的胳膊。

一分钟之后，爸爸和妈妈终于醒了过来，爸爸刚刚轻轻叫了一声："包达达！""红魔鬼"却用胶带封住了他的嘴。

"好啦！"卜卜这时候显得焦虑又暴躁，"快点儿，别让我不耐烦了！"

包达达望着爸爸和妈妈的眼睛，他在心里松了口气。不管怎么说，他终于把父母救出来了。

几分钟之后，锦囊散开，变成了一张完整的图案织锦。盒子完全暴露出来，上面的小铜锁已经生锈了，歪到了一边儿。

包达达感到疲倦极了，全身发软。

卜卜把其他人推开，手颤抖着捧起盒子，慢慢地打开。

他的表情突然僵住了。

盒子里……居然空无一物。

"这是怎么回事？"卜卜大叫起来，他怒气冲冲地扫视着周围的人，"这是个假货！到底是谁把里

169

面的东西偷走了?"

包达达轻声说:"这个锦囊曾经被打开过。我在这儿找到了打开过的痕迹,肯定是你们中某个人干的!"

盗墓贼都惊呆了,大家互相瞪着对方,目光中充满了警惕与怀疑。

"我想起来了!我爸爸在笔记本上记录过打开锦囊的办法,可是后来,那个笔记本却不见了……"包达达故意这么说。

"是你们!对吗?"卜卜盯着曾经去包达达家搜查的两个蒙面人,"你们早就知道了这个秘密,却拿假货来骗我!"

蒙面人的眼镜片儿上蒙了一层雾气,他肯定已经满头是汗:"不!不是我。"他的眼睛到处乱转,忽然落到胖女人身上,"她们才最有可能!她们和包达达在一起单独待过,她们最喜欢撒谎!"

那对双胞胎胖女人愣了,"红魔鬼"愤怒地抓住了两个蒙面人的肩膀,差点儿把他们拎起来:"你们在说什么?居然敢诬陷我们?"

"其实,谁都有事先偷走宝物的可能,""白天使"不紧不慢地说，"甚至也包括你。"她指着卜卜的鼻尖。

卜卜的眼睛一下子瞪大了："你说什么?"

他们几个吵成了一团，几乎要互相扭打起来，完全忘记了包达达还在身边。

就在这时，忽然有许多道强光从门口射进来。一阵急促的脚步声包围过来，一群黑衣的人影冲了进来，他们都在高声大喊："不许动!"

那些坏蛋都呆若木鸡地站在原地。

"包达达!"杜老师竟然也在人群里。

原来，杜老师带着警察及时赶来，把盗墓贼一网打尽。她从鲁一叮那儿知道了事情的原委，及时报警。

看来，老师的确有不同的办法! 包达达想，唉，也许自己应该早点跟杜老师说出那个秘密。

鲁一叮和黄卷卷被救了出来，他们被捆绑在地宫尽头的小房间里。现在，终于一切都真相大白了。

但是，空盒子里的秘密到底是怎么回事? 真的有人偷走了里面的东西吗?

包达达露出了微笑，他已经知道里面的东西在哪儿了!

几个小时后,在医院里,包达达坐在爸爸床边,爸爸的大手覆盖在包达达的小手上,有种很温暖的感觉。他觉得,自己那颗小小的心,正和爸爸的心在一起扑通扑通地跳着。

"爸爸,盒子里面的东西,是你拿走了是吗?"包达达说。

爸爸微微扬起眉毛:"达达,你为什么这么说?"

包达达笑了:"因为我接收到了你发给我的密电码啊。"

原来,在打开包裹以前,包达达就发现锦囊的丝线断开过,是重新"续织"在了一起。包达达明白,这个锦囊中一定藏着父亲的妙计。所以,包达达才会答应卜卜打开锦囊。

"你知道,锦囊里装的是什么吗?"爸爸的手从被子里拿出来,掌心里竟然是一把锈迹斑斑的钥匙。

"这就是盒子里的宝贝?"包达达问。

爸爸点点头。

包达达看着那把形状奇特的钥匙——这会是另

一座地宫大门的钥匙吗？

爸爸看着包达达，好像想说什么，又有点儿不好意思。

后来，爸爸给包达达讲了一个关于钥匙的故事："有一把很大很结实的铁锁，很多大力士用尽了各种办法想打开它，什么铁锤、钢钻、撬棒都用上了，却是白费力气，狼狈不堪。有一个很瘦小的孩子来了，用一把小小的钥匙，很轻松地打开了铁锁。因为他明白，懂得锁的心比任何方法都有用。"

包达达笑了，他明白爸爸的意思。

找到了能够"开心"的钥匙，唐僧爸爸当然就变成了豆包爸爸！

包达达 "猫眼俱乐部"
火热招募中

升学要看学分,友情要靠缘分,当聪明大王要考察天分吗? Come on!

如果平时你觉得自己有当聪明大王的天分,现在就睁大你的眼睛,一二三,准备好,指纹鉴别游戏开始啦!包达达、作者葛竞、包爸爸的指纹,分别隐藏在本书中不易被发现的地方,现在就请你发挥聪明才智,在下面提供的15个指纹中,判断出哪个是包达达、作者葛竞、包爸爸的指纹,并把相应的序号填写在下页的括号里。**Ready? Go!**

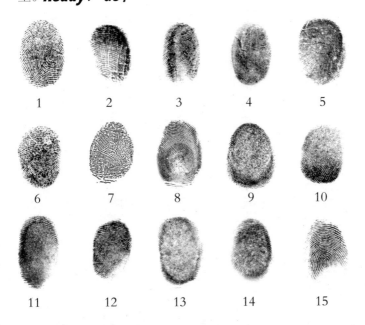

猫眼俱乐部会员申请表

姓名：　　　　　性别：　　　　　出生日期：

学校：　　　　　　　　班级：　　　邮编：

永久性联系地址：＿＿＿＿＿＿＿＿＿＿＿＿＿＿＿＿＿

电话（一定要留，不然的话收不到礼物哦！）：＿＿＿＿＿

E-mail:＿＿＿＿＿＿＿＿＿＿＿＿＿＿＿＿＿＿＿＿＿＿

我的答案：

包达达的指纹是（　　　）

作者葛竞的指纹是（　　　）

包爸爸的指纹是（　　　）

我喜欢包达达的理由是＿＿＿＿＿＿＿＿＿＿＿＿＿＿＿

＿＿＿＿＿＿＿＿＿＿＿＿＿＿＿＿＿＿＿＿＿＿＿＿＿＿＿

　　填好后，将猫眼俱乐部的会员申请表剪下并邮寄到：（100027）北京市东城区东中街58号美惠大厦3单元1203猫眼小子编辑部，你将自动成为猫眼俱乐部会员。会员将通过E-mail形式享受到猫眼俱乐部的阅读服务，包括收到作者不定期的问候以及后续作品的提前试阅等等。指纹鉴别游戏全部答对的小读者则可自动升级为"绿宝石猫眼"级会员，并会获得惊喜小礼物——回报你真情的阅读。

　　开始行动！和猫眼小子包达达比一比谁更有当聪明大王的天分吧！